FILHOS SEM ĐEUS
Ensinando à criança um estilo ateu de viver

ALEJANDRO ROZITCHNER

XIMENA IANANTUONI

FILHOS SEM DEUS
Ensinando à criança um estilo ateu de viver

Martins Fontes

O original desta obra foi publicado com o título
Hijos sin Dios: cómo criar chicos ateos
© 2007, Editorial Sudamericana S. A.
© 2008, Martins Editora Livraria Ltda., São Paulo, para a presente edição.

Capa e projeto gráfico
Renata Miyabe Ueda

Produção editorial
Eliane de Abreu Santoro

Preparação
Huendel Viana

Revisão
Simone Zaccarias
Dinarte Zorzanelli da Silva

Produção gráfica
Demétrio Zanin

Dados Internacionais de Catalogação na Publicação (CIP)
(Câmara Brasileira do Livro, SP, Brasil)

Ianantuoni, Ximena
 Filhos sem Deus : ensinando à criança um estilo ateu de viver/ Ximena Ianantuoni, Alejandro Rozitchner ; [tradução Teodora Freire]. – São Paulo : Martins, 2008.

Título original: Hijos sin Dios : cómo criar chicos ateos.
Bibliografia.
ISBN 978-85-61635-01-5

1. Ateísmo 2. Educação de crianças 3. Irreligião 4. Pais - Atitudes 5. Pais e filhos I. Rozitchner, Alejandro. II. Título.

08-06415   CDD-158

Índices para catálogo sistemático:
1. Criando filhos ateus : psicologia aplicada   158

Todos os direitos desta edição para o Brasil reservados à
MARTINS EDITORA LIVRARIA LTDA.
Rua Prof. Laerte Ramos de Carvalho, 163
01325-030 São Paulo SP Brasil
Tel. (11) 3116.0000 Fax (11) 3115.1072
info@martinseditora.com.br
www.martinseditora.com.br

Para nossos filhos, Bruno e Andrés

Sumário

9   Prólogo
    O que é este livro?

15   Introdução
     Mapa do texto (e da experiência)

17   Diálogo – Primeira parte

95   Diálogo – Segunda parte

171   Perguntas e respostas

199   Encerramento de Ximena
      Proposta final: um desafio com intenção

203   Encerramento de Alejandro
      Filhos, evoluções pessoais e felicidade

209 OUTRAS VOZES
Relatos

APÊNDICES ATEUS

221 APÊNDICE XIMENA
Bibliografia sugerida sobre temas de criação

229 APÊNDICE ALEJANDRO
O que quer dizer "ser ateu"

235 AGRADECIMENTOS

Prólogo

O que é este livro?

Este não é um livro sobre a existência de deus. Há muitos trabalhos que discutem os prós e os contras da religião, os prós e os contras do ateísmo, procurando chegar a uma conclusão sobre o tema. Este livro aborda os problemas que surgem na criação dos filhos quando os pais são ateus (não que surjam mais problemas do que na criação religiosa, mas se trata de problemas diferentes), ou seja, este trabalho tem como pressuposto e ponto de partida a perspectiva de duas pessoas que não crêem em deus ou, de modo ainda mais claro e categórico, sabem que deus não existe. Ou, para dizê-lo de outra forma, que a existência de deus é algo do plano das idéias – que deus é uma idéia que muitas pessoas têm, mas, de forma alguma, uma existência plena, dotada de realidade e de poder.

Não se trata de agredir ou desqualificar aqueles que baseiam sua visão do mundo na existência de deus (embora tampouco se possa negar que os crentes e os não crentes exercitem o combate argumentativo), mas de abrir um espaço de legitimidade e elaboração para aqueles que, como nós, vivem numa zona social pouco compreendida, o ateísmo, ou, inclusive, de pensar e abordar problemas que costumam ser negligenciados. As crianças que crescem em casas atéias perguntam a seus pais: "O que nós somos, católicos, judeus, o quê?". Ou, quando uma amiga recebe a primeira comunhão, perguntam: "Por que eu não posso pôr um vestido assim e fazer uma festa?". Ou: "Existe deus? O que é deus? Onde está, de onde viemos, para onde vamos?". Essas perguntas, legítimas, importantes, possuem uma resposta religiosa e, também, uma resposta atéia. Não se trata apenas de responder dando uma visão das coisas, uma visão do mundo, mas igualmente há que saber tratar dos problemas que surgem, das diferenças que se manifestam nas relações humanas, de amizade, de companheirismo, de cumplicidade entre pessoas (pessoas que são filhos ou que são pais) que crêem em deus e pessoas que sabem que não há deus.

Respeitar não é cercear a capacidade de dar respostas a perguntas que poderiam manifestar diferenças, deixando na indefinição aspectos importantes da construção de sentido. Respeitar não é supor que defender uma posição é sempre algo que deva ser menosprezado. Respeitar não é tampouco fingir ter uma posição que não se tem. Para um ateu, respeitar o crente não deve ser dissimular que a resposta à pergunta sobre a existência de deus carece de expressão justa, mas entender que o outro pode ter uma resposta diferente. E o mesmo vale para um crente. Respeitar a diferença, conviver com ela, não quer dizer que alguém deva limitar sua forma de ver e entender o mundo, mas que é legítimo torná-la o mais clara possível.

Aquele que não crê em deus, ou, melhor dizendo, aquele que sabe que ele não existe, aquele que sente que deus não é resposta para nada (ou que, mais freqüentemente, é uma resposta rápida e fácil para quase todas as coisas), aquele que deseja, portanto, que seus filhos adotem esse saudável ponto de partida para sua relação com o mundo – porque sabe que esse caminho, embora exigente, é o caminho da autenticidade, do amor, da responsabilidade, da verdade –, o que deve fazer num mundo que gosta de falar de deus como se a crença fosse compartilhada por todos?

O que dizer quando nosso filho nos pergunta se deus existe, uma vez que somos ateus mas sabemos que o mundo ao redor dele não o é? Queremos respeitar seu discernimento, abrir espaço para sua posição pessoal. Teremos então, por isso, de fazer o que não pensamos das coisas que pensamos, para não influenciá-lo? Não é melhor influenciá-lo de modo a tornar-lhe acessíveis as opções que julgamos mais acertadas? Por acaso os pais crentes apresentam a seus filhos a possibilidade de não acreditar em deus? Acaso os pais dão a seus filhos uma visão imparcial sobre temas como as drogas ou a segurança, apresentam-lhes opções para que os jovens decidam se querem ou não se drogar, ou simplesmente lhes é dito: "A cocaína faz mal"? Por que, então, também não falar claramente do dano que pode fazer a posição simplista e medrosa da fé?

Este livro é uma experiência. Nós, Ximena e Alejandro, os autores, estamos casados há sete anos e temos dois filhos, Andrés, de quatro anos, e Bruno, de um ano e meio. Somos ateus. Não somos inimigos da religião, mas acreditamos que a melhor opção de vida é encarregar-se de si próprio e vemos que as religiões não fomentam essa atitude nem essa consciência. Queremos, com este livro, ajudar-nos a entender melhor o tema, porque sabemos que a criação apresenta algumas variáveis às quais não sabemos como responder. A experiência que fazemos ao escrever este livro é a de produzir para nosso diálogo constante (que foi um dos motivos principais da união mútua, além da sexual) um novo formato, pouco habitual numa relação de casal – o de um livro escrito em comum –, mas a experiência é ir, também, ao longo deste volume, averiguando o que pensamos sobre um tema que não tínhamos abordado até agora de forma direta, que não é – como já dissemos – o da existência de deus, já que ambos somos ateus, mas como ajudar nossos filhos a pensar e viver a diferença com seus amigos religiosos e com possíveis e abusivos avanços da religião. Quando começamos a avaliar a possibilidade de embarcarmos neste projeto, eu, Alejandro, tinha minhas dúvidas, mas Ximena, finalmente, escreveu algumas idéias desenvolvendo o enfoque que lhe parecia valioso e me fez ver um alcance que eu não havia intuído. Ximena é psicoterapeuta, e seu comprometimento e esmero como mãe fizeram-na se interessar muito pela bibliografia sobre a criação de filhos e, em especial, pela forma como essa criação está sendo pensada e vivida hoje. A criação dos filhos passou a ser uma função automática ou desprezada como aspecto central na vida de um indivíduo. Esse fenômeno não é uma transformação cultural sem importância; é, talvez, um dos traços centrais de nossa época, ligado ao deslocamento das questões pessoais do âmbito de sentido filosófico e religioso para o âmbito da compreensão existencial e psicológica. Por mais que, ultimamente, haja muitas tentativas de aplicar a filosofia ao campo das terapias, o certo é que, há décadas, as psicoterapias têm avançado na compreensão da vida humana interior – ou seja, da vida humana – muito mais do que o pensamento filosófico já conseguiu.

Ximena me dizia que criar filhos ateus era criá-los de verdade, plenamente, assumindo o papel de responsabilidade que a religião tendia a esvaecer, exercendo de maneira concreta e real esse amor que a religião, do nosso ponto de vista, enuncia de maneira equívoca e limitada. Pode soar um pouco insolente dizer que a religião não representa o amor, ou melhor, que dá uma versão restrita e reduzida dele, mas ao longo deste livro teremos a oportunidade de desdobrar e discutir as razões que sustentam essa afirmação que consideramos totalmente certa. Em todo caso, podemos adiantar que não é que sejamos ateus porque não acreditamos no amor, ou porque nos pareça uma palavra tola, muito pelo contrário: pensamos que o amor mais verdadeiro e autêntico não é aquele que se prega nas religiões como valor impessoal, mas o que tem origem no corpo e no desejo. Não vemos o corpo como oposto ao espírito, como essa carne que não pode inspirar confiança, mas como o objeto espiritual por excelência.

Sim, há muito de Nietzsche nessas idéias. Acreditamos em Nietzsche? De forma alguma. Não é fé. É um interlocutor valioso para nós. Quem acredita em deus vê crença em todas as partes, porque sua estrutura de sentido é a fé. Quem não acredita em deus encontra e elabora o sentido em outras modalidades de pensamento e sensibilidade.

Introdução

Mapa do texto (e da experiência)

Como formato de trabalho, decidimos estabelecer um diálogo, por escrito, entre nós, o que significa aproximar mais o intercâmbio constante que nos une, porque, além de co-autores, somos (sobretudo) marido e mulher.

Foi assim que cada um escreveu um capítulo, retomando, como se faz numa conversa, os aspectos que nos entusiasmavam sobre aquilo que o outro ia questionando.

Também tratamos muito do tema com amigos e familiares, que – juntamente com seus filhos – colaboraram contando-nos relatos de casos, propondo acordos, diferenças e questionamentos.

Montamos uma lista das perguntas que foram surgindo, algumas feitas diretamente por crianças, e outras, por adultos, que comentaram a dificuldade de responder sobre certos temas a seus filhos, à medida que estes crescem. Respondemos muitas delas sob a forma de guia para tratar dessas questões em família. Acrescentamos uma seleção de testemunhos dados por pessoas que responderam o pedido de relatos sobre vivências familiares e seus vínculos com a religião – pedido que fizemos no blog do Alejandro: www.100volando.net –, pois sentimos que seriam uma contribuição de realidade a nosso trabalho.

Os apêndices contêm materiais associados aos temas abordados, que auxiliam, sintetizam ou enriquecem as idéias. Esperamos que este trabalho lhes seja útil...

ÐIÁLOGO

PRIMEIRA PARTE

1 Ximena

Pensar na educação de crianças sob uma perspectiva atéia nos oferece a possibilidade de transmitir um estilo de criação com o qual estamos bastante comprometidos. Somos ateus? Sim. Nossos filhos não são batizados nem circuncidados, não lhes falamos de deus. Não nos apoiamos em nenhuma crença religiosa para transmitir-lhes o sentido da vida. Pelo contrário, acreditamos que a vida merece ser vivida da melhor maneira, muito longe de qualquer idéia de transcendência, que não é necessário nenhum mais além para que este mais aquém seja pleno e valioso, e, aliás, ao contrário, que o mais além arruína de certo modo o mais aquém, impondo-lhe sentidos que não queremos ou dos quais não precisamos. Na criação dos filhos, principalmente, o único elemento que transcende é o amor que oferecemos.

Você já percebeu que, em geral, a palavra "ateísmo" soa muito forte? As pessoas ficam um pouco sem jeito quando lhes contamos que a pergunta que determina o eixo deste livro é: "Como criar filhos ateus?". Excetuando aqueles que são declaradamente ateus, que adoram a idéia, não dá a sensação de que duvidar da existência de deus, ou não se sentir ligado a nenhuma religião, é algo que não é certo? Você percebe até que ponto a sociedade está tomada pela tradição religiosa? Mesmo pessoas que não vivem como crentes – pelo contrário, que são muito atéias em suas decisões existenciais – também se sentem incomodadas com o termo. Há ainda aqueles que, para evitar o ateísmo, recorrem a alguma explicação espiritual ou *new age* daquilo que os liga com a transcendência ou com os deuses, apesar de não se sentirem religiosos.

É como se ficasse mal falar de ateísmo, como se fosse uma palavra ruim. Até nos recomendam que não a usemos no nosso livro, que procuremos outros termos, uma forma de dizer de outro modo a mesma coisa. Outros recorrem à etimologia da palavra, apelam para a filosofia do termo, fazem distinções com o agnosticismo etc. De repente, ao conversar sobre o assunto com muitas dessas pessoas, percebemos que estamos de acordo, só que alguns, como nós, se dizem ateus, e muitos não toleram bem a palavra. Gostaria de que minha forma de pensar a criação dos filhos pudesse ser transmitida mais além, quer a chamemos de atéia ou não. Nossa visão é influenciada por um estilo ateu de viver, mas também acredito que essa proposta possa interessar e servir para muitos que não se dizem ateus. Nunca defini como "ateu" o tipo de criação que quero para meus filhos, mas, pensando bem, percebo que é isso mesmo, e que essa não é uma característica menos importante. A criação atéia é um pretexto para pensar e sentir uma forma própria de estar com nossos filhos.

Por que não disfarçar o ateísmo?

Porque as crianças necessitam de verdades, que os pais ponham em palavras o que lhes acontece, o que pensam, o que sentem. As crianças são muito perceptivas, pois estão num estado virgem de sentidos, ainda não têm esquemas construídos, são como um campo vazio com o terreno mais fértil para ser semeado, captam muito mais do que percebemos. Possuem todos os sentidos abertos, esperando para se desenvolver. Uma maneira de estimular que cresçam conectadas com sua intuição, com seus sentimentos, com seus desejos, é falar-lhes claramente. É óbvio que isso tem de estar de acordo com a idade de cada criança: as respostas dadas a uma criança de três anos não podem ser as mesmas que damos a uma de sete, e também há a questão da sutileza dos pais. Mas sempre é possível falar claramente e não se evadir das perguntas nem das questões que, à primeira vista, possam parecer difíceis.

É muito boa a história da criança que pergunta sobre deus para a mãe: "Existe, não existe, quem é, onde está?". A mãe lhe responde um pouco evasivamente: "Não se sabe se existe ou se é uma ilusão"... etc. E então o filho um dia a repreende ao voltar da escola: "Você é boba, mamãe, é a única mãe que não sabe nada de deus, as mães de meus amigos todas sabem".

Criar filhos ateus significa ensiná-los a acreditar em si próprios acima de todas as coisas. Habilitá-los a fazer todas as perguntas que queiram, seja a si mesmos, seja a nós. Transmitir-lhes a sensação de que podem confiar em suas decisões pelo simples fato de serem eles que as tomam. Criar filhos sem recorrer a deus significa ensiná-los a ser donos de seus atos, responsáveis por escolher como viver, protagonistas de seu destino. É querer ajudá-los a aproveitar esta vida que temos hoje, a que conhecemos, sobre a qual podemos agir.

Entendo por criar filhos ateus encarregar-me de meu estilo de criação, sustentar a convicção de que criá-los assim, mostrando-lhes um mundo cheio de possibilidades, irá configurar uma sociedade mais íntegra e comprometida. Que o caminho é continuar ensinando-os que o crescimento próprio depende de cada um e que, somente se nos animamos a crescer como pessoas, haverá crescimento social verdadeiro. Encontro na criação um sentido tão vital, tão atrelado ao presente, ao detalhe, a esses pequenos momentos decisivos que vivemos o tempo todo – nós que temos filhos pequeninos –, que não me passa pela cabeça pensar em deus ou na fé como horizonte necessário para todo esse fenômeno. Pelo contrário.

Com quais valores você vai educá-los?

Outra tendência muito marcante é pensar que criar filhos sem uma religião que imponha critérios é como querer incitá-los a serem selvagens. Associa-se a idéia de que apenas sob normas religiosas é possível ensinar as crianças a assumir valores, a discernir entre o que é bom e o que é mau. Existe uma idéia generalizada de que "os valores" são propriedade da cultura religiosa, quando, na realidade, considerar que é a partir de uma base religiosa que podem ser inculcados valores aos filhos é sentir-se pequenino e desconfiado, é não se acreditar capaz de tomar decisões próprias sem uma instância superior que as determine, é como ser uma criança indefesa.

O estado de fé é uma fase no processo de crescimento na qual prima o pensamento mágico, é um estágio na construção de um sentido para a vida, prévio à aquisição de critérios mais maduros e realistas. Há uma época e um momento no qual todos necessitamos acreditar em algo, em alguém poderoso que possa cuidar de nós e nos pôr a salvo de todos os riscos que a vida implica. Para os filhos, esse lugar é ocupado pelos pais. É a tão conhecida idéia de que somos como deuses ou heróis para nossos filhos, idéia que eles terão de destruir ou superar para conseguir crescer, para ter acesso à maturidade, para se separar dos mais velhos e encontrar, assim, um estilo próprio. Ou seja, encontrar-nos com nós mesmos requer uma superação do pai protetor e todo-poderoso. Claro que isso nos exige extrema atenção como pais para perceber como ajudá-los nesse difícil processo.

A princípio, não crer em deus nos coloca em vantagem, pois assim não vamos nos tomar como deuses de nossos próprios filhos. Isso permite que os vejamos mais individuais, distintos, como pessoas, desde o primeiro momento. Sob essa perspectiva, nos sentimos com menos direito a ter razão em tudo e a saber sempre o que é melhor para eles. No desenvolvimento existencial, a religião ou a crença em deus viria a cumprir a mesma função que os pais no desenvolvimento dos filhos. Há deuses mais autoritários e irritados que outros, há alguns mais amorosos – isso também é importante.

Naqueles que não vão além da idéia de deus como ser supremo – que explica a criação do mundo, a existência dos valores e o princípio e o fim de todas as coisas –, estaria conservado um estilo de pensamento infantil.

Para mim, *Filhos sem deus* orienta a pensar em como acompanhar o crescimento de filhos cujos pais encontram um sentido existencial que supera a idéia de deus. Pais ateus são aqueles que pretendem transmitir a seus filhos a confiança necessária para construir seus valores com liberdade, apropriar-se de suas perguntas, de suas respostas, de suas conclusões, indo mais além de qualquer limite sustentado por uma fé inquestionável, por uma tradição a ser respeitada. Criação atéia também significa ser capaz de fazer uso da criatividade para inventar um modelo próprio, uma forma atualizada de acompanhar nossos filhos em seu crescimento, sem sentir que o melhor já ficou para trás.

Buscar uma criação sem deus supõe a capacidade de inventar um estilo de educação que considere mais importante compreender quais são as necessidades reais dos filhos do que validar o enfoque tradicional a respeito do que está bem e do que está mal, do que é adequado, do que não se deve, do que indica se uma criança é mal-educada ou um exemplo a ser seguido.

Em nome desses valores antiquados e desconectados da sensibilidade das crianças, às vezes nem paramos para pensar o que estamos lhes ensinando, o que queremos que entendam, como gostaríamos que se sentissem. A verdade é que as crianças aprendem, sobretudo, daquilo que vivenciam de seus pais.

Lembro-me de uma parte do livro *Bésame mucho* [Beije-me muito], de Carlos González – um autor espanhol que se dedica ao tema da criação, um sujeito muito divertido e preciso –, na qual, falando da generosidade e das normas de convivência, ele dá um exemplo, tomando a atitude habitual das mães com seus filhos nas praças. Todas são especialistas na arte de emprestar os pertences de seus filhos, têm na ponta da língua os argumentos para explicar-lhes que devem compartilhar os brinquedos com a melhor boa vontade, sentir prazer em brincar com o outro, intercambiar seus objetos, e demais gestos de "boa educação". González pergunta: você seria tão generoso e educado se o sujeito da mesa ao lado no bar pegasse seu jornal porque ele ficou com vontade de lê-lo, ou se aparecesse outro e pegasse seu celular novinho porque quer fazer uma ligação? Você se sentiria tão inclinado a compartilhar e a julgar que é bonito emprestar as coisas? O caso é bem interessante, pois permite que percebamos como nós, os pais, nos tornamos exemplares quando se trata dos filhos, e como, nessa exemplaridade, agimos contra o que sentimos e contra o que nem teríamos, na realidade, por que sentir. E assim é com muitas coisas.

Dizemos-lhes que não se deve mentir, quando, às vezes, eles vêem os adultos fazendo-o descaradamente.

Tudo isso soa a muita moral cristã e apresenta pouca conexão com aquilo que as crianças sentem e o que lhes acontece a partir dos ensinamentos, dos valores e das tradições.

Concordamos que é preciso transmitir "valores" para nossos filhos, mas quais valores? Valores inquestionáveis, frases feitas que não levam em conta a subjetividade nem a realidade que compartilhamos com eles? Ou devemos ser criativos e dedicados, inventando formas de ensiná-los a ser pessoas íntegras, sem atropelá-los com doutrinas inconsistentes?

Viver a criação de nossos filhos deste modo é uma proposta exigente. Demanda muita paciência, tolerância, compreensão. Requer dedicar-se o tempo todo a exercitar a empatia. É necessário que estejamos em permanente contato com eles e com nós mesmos. Quais são suas necessidades, e as nossas? Quem são nossos filhos, e quem somos nós, seus pais? O que está fazendo falta na nossa sociedade? Mas certamente a última coisa de que precisamos são valores antiquados que não se busca atualizar.

2 Alejandro

Sim, me sinto completa e absolutamente ateu, e, uma vez que o próprio tema não me parece tão interessante, dou-o por certo. Quer dizer, não sinto que deus seja uma questão em mim, não me questiono acerca de sua existência, duvidando – como os crentes supõem que seja a atitude daquele que não crê. Sim – me respondo sem hesitar –, ele existe, é uma idéia que muita gente tem, uma referência de sentido, um destino. E existe para muitos, e isso não é menos importante, para a maioria das pessoas que já viveu até hoje. Talvez não seja em todos os casos que esteja presente a idéia de deus, de um deus único cristão ou judaico-cristão, mas pode-se, sim, dizer que a religião é a mais comum das estruturas de sentido. A tal ponto que, na frase "creio em deus", parece-me que a parte mais importante não é aquilo sobre o que recai a crença (deus), mas a primeira parte, o "eu creio". Ser completamente ateu é não crer. Os crentes têm dificuldade em entender isso. Dizem: "Bom, você não acredita no deus da igreja, mas acredita em seu próprio deus", ou então "Você não crê em deus, mas acredita em algo, na natureza, no homem, em você". E isso abre as portas para explicar a coisa com exatidão. Eu não creio em nada. E isso não quer dizer que seja um cético, um infeliz, uma pessoa que sente o mundo vazio de sentido (muito pelo contrário), quer dizer que mesmo sabendo que existe a natureza, o homem, que eu existo, isso não se traduz como uma "crença". As coisas existem para além da minha crença. Não acredito na natureza: a natureza é, existe, eu a sou, e não devo me referir a ela com reverência ou com fé.

Para dizê-lo mais simplesmente (vamos ver se consigo): a fé é uma estrutura de sentido, uma forma de entender e de sentir o mundo, e os ateus plenamente ateus não temos essa estrutura. A crença tem algo de reverência, e eu não sinto reverência nem me sustento nessas instâncias reverenciadas. Sim, fico maravilhado com a existência, não sei por que estamos quando podíamos não estar, percebo muitos mistérios, mas estes não se resolvem tentando entender que existe – como dizem e sentem os crentes – "algo superior", "uma inteligência ordenadora que rege o mundo". É mais que isso: acredito que esse mistério é plena e definitivamente um mistério, que não se pode saber o porquê de tudo, ou, de forma ainda mais extrema, que o conhecimento não é a atitude correta, que pretender conhecer aquilo que é, por definição, inacessível para o conhecimento é uma atitude ignorante.

No entanto, respeito a reverência, a fé, a religião, a crença. Respeitá-la quer dizer: não sou tão néscio para crer que minha forma de ver as coisas deva eliminar a forma de ver que tanta gente tem. Isso está fora de questão, existimos num mundo de diferenças. Mas respeitar as diferenças não significa que cada um não possa afirmar sua visão, que não possa dizer sua verdade – significa que cada um pode expressar a sua. Isso é importante, e é o que nos permitirá desenvolver nosso próprio modo de abordar aquilo de que vamos falar.

Na realidade, não sou ateu. Parece estranho que o diga depois de tantas explicações, mas o que quero dizer é que não me defino a partir da minha posição nesse quesito. Ser plenamente ateu significa que o tema de deus e da religião não lhe parece tão importante. E, por isso, o tipo de criação que queremos desenvolver (sobretudo porque queremos formar bem nossos adorados bebês e porque nesse processo procuramos também viver o melhor possível) não há por que ser chamada de atéia, a não ser que estejamos falando com pessoas religiosas e surja a questão. Se fosse necessário atribuir um adjetivo à criação que queremos, diríamos, suponho, algo simples, como criação amorosa, ou criação para o crescimento, o desenvolvimento, o entusiasmo, o desdobramento do ser, para a felicidade, o contentamento, a independência, a criatividade. Coisas sem importância, enfim, coisas que, ditas, já se tornam um tanto excessivas ou retóricas, mas que são fundamentalmente certas e sentidas.

Também poderíamos chamar isso de criação filosófica, mas ainda assim o adjetivo não funcionaria, pois logo nos vêm à mente crianças lendo Hegel, e isso é uma imagem horrível. Tampouco me vejo puxando o assunto com Andrés, nosso filho mais velho, para tentar definir o que é o amor etc., atropelando-o com uma atitude reflexiva, pretensiosa e desagradável. E olha que eu escrevi um livro sobre filosofia para crianças... Não acredito que devamos nos colocar especialmente filosóficos. Na realidade, nosso questionamento tem a ver com o fato de que as crianças são, espontaneamente, máquinas de querer pensar e entender, e não de que tenhamos de ser sisudos. A filosofia – bem concebida – não tem a ver com o pensamento consciente, mas com a imagem ou visão do mundo que cada um elabora complexamente através de suas experiências. A idéia de filosofia, como representação de uma busca pessoal de sentido, indagativa e experimental, serviria então para aludir a uma atitude diferente da posição religiosa, na qual, como você bem diz, há um obscurecimento da experiência individual, já que nela – na perspectiva religiosa – as crianças são imersas em uma forma inquestionável de ver as coisas.

O certo é que, a partir da perspectiva não religiosa, a criação dos filhos pode ter todo o sentido que lhe queiramos dar e que sintamos que deve ter. Essa perspectiva permite revalorizar a tarefa da criação. Para aqueles que, como nós, puderam ser responsáveis pela própria vida, que conseguiram superar a imaturidade afetiva que muitos de nossos pais nos fizeram sofrer, a criação tem de ser uma aventura, a possibilidade de fazer algo valioso, de transcender nossa origem desorientada e alcançar um nível superior de clareza e potência.

Queremos criar filhos que não acreditarão em deus porque irão valorizar o presente, sentir que seu dia-a-dia é valioso para seus pais e, assim, irão vivê-lo. Queremos criar filhos ensinando-lhes que o importante é o que eles são capazes de fazer por si mesmos, e não propondo metas inalcançáveis num exterior idealizado e, ao mesmo tempo, objeto de desprezo. Uma criação atéia é uma criação despojada de fantasmas, comprometida com a presença atenta e próxima, pura vitalidade.

Criar filhos ateus pode ser pensado como o surgimento de todo um estilo novo de valores. Valores reais, presentes e entranhados na experiência do dia-a-dia. Diferentemente dos valores religiosos abstratos, mentirosos, que não podem ser alcançados.

3 Ximena

Pensar o ateísmo como você o está expondo é mostrá-lo com muita clareza, entendê-lo sob outra perspectiva, despojado da definição que ele adquire a partir da visão do religioso. É necessário definir-se ateu num contexto crente, do contrário a palavra quase não teria sentido.

Você explica o ateísmo de uma maneira que, de início, me faz pensá-lo como uma polaridade: crente-ateu, e, como tal, alguns se definem em contraposição a outros. Mas a definição que você propõe é valiosa porque transcende essa polaridade. Ao dizer que a chave para pensar o ateísmo é insistir na não-crença, você aponta para algo importante. Ser "completamente ateu" seria não sentir a necessidade de acreditar em algo. Crer em deus é, entre outras coisas, uma maneira de explicar o mistério da vida.

Por que será que dar sentido às coisas requer quase sempre se apoiar na crença em algo superior, um princípio criador que teria também o papel de dirigir tudo? Por que será que é tão difícil pensar a vida como um fenômeno natural e raro, imenso, digno de ser usufruído, apropriar-se disso e ponto final? Quando falamos disso sempre me lembro de uma coluna muito bonita, que você intitulou "Você acha pouco?", escrita para a revista *La Maga*, aludindo precisamente a isto: a sensação de que aquilo que existe não chega a ser suficiente para alguns, como se sempre houvesse que se procurar um mais além. Mas isso faz parte da natureza humana, e a neurose, idem.

Também me lembro de todas as vezes que, conversando com amigos sobre o tema de nosso livro, surge a idéia de que a arte e a inspiração servem como sinal, como confirmação da existência de deus. Nessas descrições e nas posições manifestadas com esses argumentos, costumamos ver justo o contrário, ou seja, que aquilo que é expresso na arte é a afirmação da vida, a vontade de poder; vemos que se coloca deus ou que se apela a uma força superior para explicar esses níveis de experiência que chegam a ser exuberantes, arrebatadores. E deve ser pela mesma razão que nos é tão penoso nos sentirmos confortáveis na felicidade. O difícil parece ser apropriar-se de tudo aquilo de que somos capazes, nos animarmos a ser poderosos, capazes de tanta maravilha: não sabemos aceitar que tudo isso possa ser certo.

A verdade é que somos mais fortes do que imaginamos, mais capazes do que nos parece. E é tão evidente e óbvio que aquilo que surge é parte de nós mesmos, que aquilo que vibra alto é dono de sua vibração, que, enfim, deus é o nome que se dá a algo que está em cada um de nós, em cada um daqueles que podem sentir-se iluminados diante do fenômeno de viver, de criar, de fluir, de sentir. É como se houvesse que atribuir poderes extraordinários às realidades, aos atos humanos, às obras de arte, ao nascimento das crianças. Não se tolera pensar e ver que o ser humano é um animal a mais, uma espécie exótica, mas tão parte da natureza como qualquer outro animal. Sim, um animal superior.

Costumo dizer que ter filhos é uma experiência religiosa – assim descrevo a sensação de plenitude existencial que senti e sinto ao tê-los. Essas sensações, de ser uno com o universo e o mundo fluindo através de nós, podem ser chamadas de deus ou de experiências sagradas, mas é a própria vida em sua máxima expressão natural. Outra experiência religiosa para mim é ver Julio Bocca dançar. Em todo caso, há que naturalizar a vida, desneurotizar a experiência de viver, para ser ateu e ficar mais tranqüilo. As pessoas tentam buscar sentido para tudo, é uma forma de elaborar as coisas que nos acontecem, mas esse sentido não tem por que apelar a algo sobrenatural – a própria existência é surpreendente e plena. As psicoterapias representam essa busca de um sentido vital e alcançável, que possamos viver como uma experiência aberta e saudável.

Acho muito importante o que você diz sobre o respeito. Lembre-se de que justamente o que mais ouvimos daqueles que se dizem ateus são comentários de como se sentem pouco respeitados pelos crentes. Alguém nos disse que os religiosos "discriminam" os ateus. Justamente para você, que não gosta nada dessa palavra. Como se os religiosos, sim, pudessem pensar mal dos ateus, mas o contrário fosse incorreto. Como se deus fosse uma verdade inquestionável e que aqueles que, como nós, pensam o contrário fossem uns rebeldes, desrespeitosos.

O ateísmo como conclusão

Entre todas as coisas que já escrevemos, desde que começamos a trabalhar neste livro, encontrei umas notas suas nas quais você se pergunta se, para sair da religião, é preciso brigar com ela. Você diz:

> Alguns precisam brigar. Outros não. Outros nem precisam sair dela. Outros nascemos fora. Pensemos a religião como se fosse um lugar. Em termos gerais, partimos da idéia – que acredito

deve ser aceita por todas as posições no conjunto das diferenças – de que todas as opções são válidas e, socialmente, devem ser equivalentes, diante da lei e diante da opinião pública. Ou seja: é claro que não é errado que os religiosos cultivem sua religião. E tampouco é errado que um ateu desenvolva e fomente sua visão do mundo. Dizê-lo é que às vezes é visto como excessivo. Deveria haver alguns limites: deve-se respeitar o ateu. O apelo das religiões por seu espaço público e por sua dignidade é um direito constantemente reafirmado. Se um ateu expõe e defende seu ateísmo está exercendo o mesmo direito daqueles que, por exemplo, tocam as campainhas das casas para fomentar a religião.

Ser ateu não é fácil. Assumir o ateísmo requer travar alguns duelos. O ateu renasce fortalecido quando aceita que não faz parte de nenhum rebanho, que não há pai todo-poderoso lhe dizendo o que fazer e como se inserir neste mundo, que é de todos. Por isso acredito que os pais ateus são mais plenamente pais, são pais que atravessaram os duelos da infância e que vivem a criação de seus filhos como uma construção adulta.

Criar filhos sem deus, sem identidade religiosa, é ensiná-los que cada um está sozinho e é responsável por tal infinitude, e que isso é mais pleno que qualquer crença ilusória que preza vazios existenciais.

Ser de uma religião, como ser de um time de futebol, de um colégio, de um clube, é fazer parte de um conjunto que nucleia, que contém. As crianças necessitam de muita inclusão, por isso procuram fazer parte de algo, buscam se identificar. Crescer é ir encontrando identificações que nos ajudam a formar um modelo de ser: sou assim, "sou como ela porque gosto como ela é, sou como aquele que fez esse gol, sou como o que canta tão bem". As identidades religiosas são tranqüilizadoras, dão nome, dão inclusão, dão sentido. Por isso ser ateu é mais uma conclusão que um ponto de partida. Chega-se a ser ateu porque alcançamos ser nós próprios. Ser ateu é ser você mesmo. A princípio, ser ateu é um conflito, porque ser quem somos, autenticamente, é um trabalho que vai sendo realizado à medida que crescemos.

Partindo dessa perspectiva, o que ocupa o lugar que a religião deixa vazio? Como o ocupa, algo deve ocupá-lo? Costumo dizer: onde há religião coloque Amor. A tarefa de pais comprometidos e responsáveis será dar amor onde há busca de sentido, criar valores de acordo com a verdade da vida que vivemos. Soa *re-hippie*, não? Mas, na verdade, sinto que é a força do amor que encaminha o ser em seu crescimento, mais do que qualquer crença ou doutrina que tentemos transmitir. Porque, criando filhos, não tratamos com questões de fé, mas com o poder da experiência concreta, próxima no tempo presente de todos os dias.

O crescimento dos filhos exige evolução dos pais, os filhos nos confrontam com questionamentos sobre nós mesmos, nos fortalecem fazendo-nos rever histórias, questionar modelos, construir estilos próprios, dão-nos a possibilidade de agregar-nos valor na tarefa da criação. Há uma reconstrução da identidade após a paternidade; se sai sempre modificado e, no melhor dos casos, aprimorado, enriquecido. Criar filhos sem deus, sem outro pai que ampare, é tomar posições existenciais calcadas no valor do desenvolvimento e da transformação permanentes. Sem horizontes fechados por sentenças cabais, sem os destinos determinados por expectativas prefixadas. Com tudo por descobrir, com um projeto de construção pessoal, com uma proposta de ser protagonista na estrutura da vida, escolhendo, como valor fundamental, a liberdade e o encarregar-se das liberdades. Criar filhos assumindo o temor que podemos sentir de que sejam pessoas livres, responsáveis e donas de si próprias.

Acreditar em deus sustenta o horror ao vazio existencial, mediatiza-o sem chegar nunca a superá-lo.

Quando me perguntam como nós, pais ateus, lidamos com o vazio existencial, penso que nossa força é o amor, direto e entregue a cada detalhe da existência de nossos filhos. É acompanhar o crescimento respeitando seus tempos e suas necessidades. É ocupar o lugar de deuses por um tempo, confiando na capacidade que eles desenvolverão para dosar o encontro com esse vazio e essa realidade, de modo tal a apresentar-lhes um mundo cheio de possibilidades, aberto e belo. O que você pensa disso, do vazio existencial?

4 Alejandro

Você tem razão, quase poderíamos dizer que deus é uma maneira de explicar o mistério da vida, uma forma, diríamos, de não deixar que esse mistério seja plenamente um mistério, ou, de maneira ainda mais direta, porém não menos estranha, uma maneira de impedir que o mistério deixe de ser um mistério para, simples e complexamente, ser uma pura realidade. Qual a diferença entre essas posições? Por que viver explicando o mistério a partir da vontade de deus é diferente de viver sentindo que esse mistério é inexpugnável, deixando, portanto, de ser um fato central na existência? E, sobretudo, já que é o tema deste livro, quais diferenças se refletem na criação dos filhos?

Apresentamos a eles um mundo diferente, damos-lhes outro caráter a seus atos, desde o primeiro momento, se os inserimos num universo de crença ou se os sustentarmos naquela que, acredito, seja uma verdade mais plena e talvez mais árdua, mas, também, ao longo do tempo, mais valiosa. Não, não há deus, ninguém sabe o que é esta vida, para onde vamos, de onde viemos e, mais sério ainda, ninguém pode nos dizer o que está certo ou o que está errado, nós é que temos de decidi-lo. Mas não é um ato isolado de decisão o que se pede. Respeitamos as leis, concordamos com a maioria dos valores convencionais (talvez dando-lhes outra versão ou nuanças), mas, para nós, o valor tem outra origem. Os valores provêm de duas fontes: do consenso social – quer dizer, de valiosos acordos que os homens temos feito ao longo do tempo, tendo vivido muitas experiências – e do conhecimento de certas leis naturais que não podem ser ignoradas.

Gosto quando você diz que o fenômeno da vida é imenso. Uma das emoções que se experimentam na vida religiosa é a da imensidão, mas acredito que é uma imensidão vazia ou triste. Não se trata da plenitude da vida que você descreve e que você me lembra que eu busquei formular no artigo chamado "Você acha pouco?" – que reproduzirei aqui, porque acredito que seja oportuno. A imensidão a que você se refere é a mesma que você me contava que sentia quando caminhava por uma zona aberta da cidade, quando era mais jovem. Quando a conheci, você me impressionou, adorei que você tivesse essa sensação de plenitude e contentamento só de respirar o ar livre e sentir a luz do sol. Você *flasheava* pela rua – dizia –, com o mero dia; me parecia incrível e atraente que fosse assim, e a comparava com outras garotas que tendiam a se colocar numa posição sempre pretensiosa e insatisfeita. Acredito que a insatisfação, além de ser um traço muito freqüente na mulher (você dirá a razão disso, ou me dirá se me engano), é também um traço freqüente e característico na estrutura de sentido da fé. Tratemos de entender por quê.

Segundo Nietzsche – que é meu pensador fundamental, que me explicou como entender a realidade, que expôs um marco de referência que pude sentir verdadeiro e meu –, a construção de um ideal reduz, como conseqüência direta, o valor da realidade. O ideal é só uma idéia, não existe, mas o mundo concreto é julgado a partir desse nível imaginário estrito e pretensioso, e, obviamente, deficitário. A fé, a crença, a religião, que se expressam tão freqüentemente através da valorização da esperança, tendem a não ser capazes de amar o mundo tal como ele é, tendem a vê-lo mau e imperfeito e, portanto, a gerar uma atitude de descontentamento, de queixa, de desvalorização de tudo. Se for isso o que queremos para nossos filhos, estamos perdidos. Ensinar-lhes isso é ensiná-los a se posicionarem como uns pobrezinhos, pretensiosos e decepcionados, diante de um fenômeno que é, na verdade, transbordante, pleno, incrível, sensacional, excitante, exigente, duro, porém valioso. Refiro-me, obviamente, à vida, à existência, ou como queiramos chamá-la.

Aqui vai o artigo:

Você acha pouco?

Sim, passamos, e vamos embora, e não há outra vida, nem reencarnação, nem pertencemos a nenhum signo zodiacal que nos ampare ou explique, e não ficará nada de nós, nenhuma sombra, nenhum rastro, talvez um efeito sobre outros, mas esse efeito será parte deles e não uma manifestação nossa, porque, embora alguém se lembre de nós, não mais existiremos, e sua dor ao sentir nossa falta nada terá a ver com nossa existência exaurida. Passamos, e acabou, não há nada mais além destes três dias nos quais, com sorte, estamos juntos e nos conhecemos um pouco, e chegamos, em alguns casos, a nos querer, com uma força e uma determinação que faz com que nos pareça injusto esse final absoluto, total, inapelável, mas é assim, e não querer enxergar isso é agir de má-fé, é enganar-se, é mentir-se, é covardia, é falsidade, é ser ainda uma criança que nega que os aspectos duros da existência sejam plenamente reais.

Mas são, e ninguém nos perguntou nada, ninguém nos consultou, como tampouco somos consultados para saber se queremos desejar uma coisa ou outra – simplesmente a desejamos –, nem para nos perguntar se queremos nos apaixonar por tal pessoa ou por tal outra – simples, complexamente, nos apaixonamos e pronto –, nem para saber se achamos bom ou não que existam as coisas que não queremos aceitar, a fome, a injustiça, o abuso do poder, a mesquinharia, porque todas essas coisas são partes insubstituíveis da existência, e nada nem ninguém, nenhuma atitude, nenhum esforço, poderão eliminá-las, fazê-las retroceder ou aplacá-las, porque o movimento da realidade da vida é, basicamente, um transbordamento que não ouve razões, e a razão, um mero curativo posterior, aplicada pela vontade ou pela negação, mas nunca sustentável a ponto de eliminar o movimento da vida, que segue seu próprio impulso e não nos consulta.

O principal obstáculo para que algo similar à filosofia possa se desenvolver em nós é nossa própria incapacidade para ver a verdade das coisas. A idéia de que a realidade deve ser corrigida não é, como se costuma acreditar, uma oportunidade de produzir experiências interessantes, mas sim, em primeiro lugar, uma justificativa para sustentar inumeráveis falsidades e, em segundo lugar, uma forma de se esquivar do trabalho de reconhecer a realidade possível e participar dela. Não nos enganemos, saibamos pensar, avancemos, inventemos, na medida do possível, coisas reais que tenham a ver com gostar desta vida que nos é oferecida e que não estejam sempre baseadas numa resistência supostamente frutífera, mas que, de fato, é miserável e impotente.

E para isso, por mais que nos custe, é necessário aceitar o que não gostaríamos de aceitar, de conhecer o movimento que está destinado a nos apagar e a nos fazer padecer, que é o mesmo sobre o qual é necessário se apoiar se realmente queremos produzir essas coisas que dizemos querer produzir, porque todo fazer e querer é parte dessa violência criadora fundamental da vida, e não conseqüências de uma resistência indignada.

Então, não há nada mais do que esta existência desordenada, caótica, tão enredada com o mal, tão indiferente? Não, não há, mas você acha pouco? Você precisa de algo mais? Você esperava alguém? Não se pode recorrer a nenhum amparo.

Revista *La Maga*, 1996.

5 Ximena

Você se lembra daquele e-mail no qual um rapaz conta que, quando se definiu como ateu no colégio, uma professora lhe disse, diante do resto da classe, que "os ateus deveriam se suicidar, uma vez que não acreditam em nada"? Alguns anos depois, a docente se desculpou, ainda bem.

Esse relato me impressionou e me fez pensar. Associa-se muito o ateísmo com tristeza, falta de sentido, ceticismo, quando, na realidade, eu sinto que representa exatamente o contrário. Isso que você gosta tanto de celebrar, a vida, o ar, as árvores, a luz do sol, é tão simples, tão enorme e tão despojado de sentidos transcendentais... Desfrutar da vida assim como é, sem mais nada, porque não faz falta nada mais. A pergunta seria: isso se aprende, surge naturalmente, é uma conquista do crescimento? Deve ser um pouco de tudo. Lembro que, de pequena, quando me zangava, quando ficava chata, manhosa, esses estados que as crianças têm que atravessar de vez em quando, minha avó Ñata me dizia: "Ar, ar, vá tomar ar e luz". Ela poderia ter me dito que pedisse ajuda a deus. Adoro essa lembrança e, embora eu me zangasse um pouco quando ela dizia aquilo, ainda prefiro que me mandasse tomar ar e não arder no inferno.

Eu, como mãe, prefiro ficar mais atenta aos maus humores ou aos momentos difíceis das crianças. Acredito que sempre têm algo a dizer, que é bom sintonizar com aquilo que lhes está acontecendo. Claro que, às vezes, também necessitam que as deixemos sozinhas. Aprender o autocontrole requer encontrar-se a si próprio e com sua angústia no momento adequado, para o qual é básico viver num clima amoroso e empático, que nos prepare e habilite a isso. O cuidado com os detalhes e as pequenas coisas da vida das crianças é o que lhes dá solidez afetiva, estabilidade, sensação de serem compreendidas, respeitadas. E esse estilo combina com sensibilidades terrenas. Sinto que as posturas religiosas, preocupadas com os grandes valores, a transcendência, perdem o dia-a-dia. Ao privilegiar o que é considerado mais importante, deixam de lado o momento no qual acontecem coisas fundamentais, ou nem sequer conseguem percebê-lo.

Isso se vê claramente no modo como as crianças lidam com o tempo. Vivem no instante. Detêm-se diante do detalhe, vivem mais lentamente, olham mais as coisas, interrompem quando querem dizer algo, demoram para saltar uma lajota, dirigem-se para outro lado se algo lhes chama a atenção, não sentem fome se estiverem entretidos, embora seja a hora de comer. O que para nós adultos passa despercebido, para eles pode ser o grande assunto da tarde. Têm um estilo tão sábio. Como é bom quando conseguimos nos conectar nessa sintonia. Se o pensamos como se fosse um jogo e nos animamos a ficar no mesmo pé de igualdade e entrar nessa dimensão, os filhos nos ensinam a redescobrir o mundo, as coisas, os amores, tudo.

El nascimiento de uma madre [O nascimento de uma mãe] é o título de um livro de P. Rosfelter, e me soa tão apropriado. É verdade, a gente renasce quando tem um filho. Temos a possibilidade de rever nossa história sob outra perspectiva, de voltar a ver tudo com um novo olhar, um olhar de pessoa adulta e melhor.

Ter filhos é como voltar a nascer

E criá-los envolvendo-se no processo de seu crescimento é como voltar a crescer. Ao estar perto dos filhos, na medida em que vão conhecendo o mundo, nos aproximamos de uma nova forma de senti-lo.

As identidades se constroem, entre outras coisas, a partir das experiências que vamos tendo desde que nascemos, dos modelos de pessoas que nos rodeiam, das maneiras de ver o mundo que nos são apresentadas. Criar filhos é recriar nossa identidade, e por isso nos mobiliza tanto se quisermos percebê-lo. Acompanhar de perto os filhos, enquanto eles vão encontrando seu estilo, nos confronta o tempo todo com nós mesmos. Se nos animarmos nesse processo, podemos abolir e reconstruir muitas formas. Isso não se escolhe, acontece. Os filhos nos convocam a lugares próprios inexplorados e a experiências desconhecidas.

Para muitos que, como eu, tiveram estilos de criação apoiados, em maior ou menor medida, em crenças religiosas, o encontro com filhos pequenos e sem essas convicções é um grande desafio. Poder refletir sobre qual visão do mundo vamos apresentar a eles nos possibilita repensar-nos a nós mesmos, redescobrir-nos.

Se virmos o mundo como um fenômeno maravilhoso e a vida como uma aventura, se sentirmos que somos protagonistas de nossas experiências e responsáveis pelo que fazemos com o que nos cabe viver, a criação dos filhos se apresenta como um salto na evolução pessoal.

O que você cita de Nietzsche é algo que você sempre diz, que a vida é perfeita tal como é, inclusive com as coisas das quais não gostamos e com as dificuldades que se apresentam. Estou totalmente de acordo e o sinto assim, mas, quando você o comenta em público, geralmente as pessoas não gostam. Soa-lhes como conformismo. Tal qual pode soar nossa sensação de que não precisamos acreditar em nada mais além do que temos.

O estilo de criação e a relação com o corpo

Uma noite, Andrés não conseguia dormir, estava cansadíssimo, mas não pegava no sono, e me disse: "Mamãe, não sei o que fazer para dormir, não consigo nem fechar os olhos". Já tínhamos lido um livro, já tinha lhe contado uma história, ele tinha me contado outra, então lhe propus que respirasse profundamente enquanto eu lhe fazia umas massagens relaxantes. Como estou pensando nessas questões do estilo de criação, foi-me aberto um grande tema: como é diferente vincular-se com o corpo e com a sensualidade quando a gente cresce num ambiente despojado de idéias pecaminosas, carregadas de sentidos negativos em relação à sexualidade e aos impulsos corporais. Seria tão bom poder criá-los com liberdade para sentir amor e respeito por seu corpo e por suas sensações. Estou certa de que a sexualidade é vivida mais naturalmente, como um fenômeno bastante mais saudável, do que quando acreditávamos que tantas coisas boas estavam erradas e eram pecado. Nossos filhos talvez tenham um dia que fazer terapia, mas certamente por outras razões.

6 Alejandro

Também teríamos que deixar de lado outras formas de fé que têm um sentido de obscurecimento similar ao da fé religiosa, como a utopia hipermoralista de esquerda ou o dogmatismo psicanalítico, para mencionar duas correntes que estão muito presentes entre nós. Estruturas de sentido que restringem a possibilidade do caminho individual, que eliminam a criatividade e a liberdade vital. Essas posições costumam se defender dizendo que toda tentativa que se baseia na realidade do indivíduo é "individualismo", e consideram esse "individualismo" como algo nocivo, sem perceber que a vida sempre se vive de uma forma inevitável a partir da perspectiva de uma pessoa determinada. Negar o indivíduo e seu papel fundamental no desenvolvimento social é, inclusive, negar a própria vida, fechar as portas à diferença e à afirmação concreta das aventuras vitais determinadas. Esse dogmatismo é, geralmente, um traço básico da fé, porque a fé procura salvar o indivíduo, quando, de um ponto de vista mais afirmativo, poderíamos dizer que não há que salvar ninguém de nada.

A salvação é um grande tema, e muitos pais sentem que, se não batizarem seus filhos, estes não estarão devidamente protegidos. Do que haveriam de se salvar? De viver? Salvar-se do fato de que a vida apresenta problemas, seja difícil, de que cada um tenha que começar de baixo, elaborando seu caminho, descobrindo seus desejos e suas necessidades específicas? Salvar-se de ter que batalhar pelo próprio crescimento? Tanto a religião cristã, quanto a judaica, assim como a religião da esquerda ou a religião psicanalítica, procedem situando seus fiéis na sombra de seres hipervaliosos, que são os verdadeiros protagonistas da realidade, e, diante dos quais, nós, indivíduos sem valor (pecadores, burgueses, ignorantes, impuros), devemos deixar de lado todo o conteúdo próprio emocional e problemático para nos amoldar a uma descrição moralista e banal da complexidade da vida. Mas não é justo culpar essas estruturas de fazerem dano às pessoas: são, talvez mais, as pessoas que acodem a elas como uma solução para se salvar do que não podem enfrentar sem essa ajuda transcendente.

Educar na transcendência, criar jovens nessa visão do mundo implica limitar em mil pequenas formas a complexidade do mundo e transformar numa repetição de tradições salvadoras e ao mesmo tempo limitantes o que poderia ser a aventura de viver. Como seria, pelo contrário, uma criação na liberdade?

Eu gosto quando, neste ponto de nossa conversa, você fala do amor, porque eu também acredito que essa é a resposta e, além disso, creio que as religiões falam do amor, mas dão uma versão muito limitada dele. Para começar, não gostam do mundo nem da vida, porque falam mal de ambos. O mundo é uma desgraça para elas, há que redimi-lo, mas redimi-lo de quê? Qual é o problema com o mundo? É que há uma confusão enorme em qualquer lugar? Mas essa não é uma realidade vazia, carente de sentido, perdida; essa é, simplesmente, a realidade!

Amor é aprovação, aceitação, desejo, cuidado, detalhe, esmero, aplicação, concentração, valorização. Amor não é a habilidade de se opor a uma realidade complexa, valiosa, problemática, porém perfeita em seu próprio ser, não é a imaginação infantil de um universo puro e sem problemas. Amor é querer o que há, não desprezar tudo para colocar-se numa superioridade impossível.

Dito de outra maneira, eu acredito que os pais que criam seus filhos sem um fundo religioso fazem-no compartilhando o mistério, a aventura de estar numa situação extraordinária e irredutível a explicação alguma, provando ambos a partir de suas perspectivas diferentes, as emoções e as visões de existir como seres únicos num mundo estranho, mas valioso e interessante. Penso que não ser crente não é ser ateu, mas é ser filósofo, poderíamos dizer, porque um ateu não se define pela não-crença, mas sim por seu próprio estilo de abordagem do sentido, como dizíamos antes. Ser ateu é muito mais que dizer não a deus (essa é ainda uma opção interna à religião, que toma deus como ponto de partida, ainda que seja para negá-lo), ser ateu é basear-se na experiência de viver como criadora de sentido, como suficiente em si mesma.

Seria ridículo negar a existência da criatividade no universo religioso (os grandes artistas do passado eram, em sua maioria, religiosos), mas em outro nível, tal como se entende a criatividade agora, quer dizer, mais como uma forma de vida que como um desenvolvimento artístico, é correto dizer que uma vida verdadeiramente criativa, uma vida que busca o retorno à existência, é necessariamente uma vida não religiosa nem dogmática.

Outro dia, enquanto trabalhava, estava ouvindo um disco de John Lennon chamado *Acoustic*, e escutei sua famosa canção "Deus". Gostei muito da letra e gostaria de colocá-la aqui para que a pensemos um pouco (ou para que a sintamos um pouco, prosseguindo com nosso jogo particular de substituir a palavra "pensar" pela palavra "sentir", em formulações tais como "vou pensá-lo um pouco" ou "deixe-me pensá-lo", que se transformam em "vou senti-lo um pouco" ou "deixe-me senti-lo", jogo que tem a ver com a crença de que a elaboração do pensamento é sempre, na realidade, elaboração sensível):

Deus

Deus é um conceito,
Pelo qual medimos
nossa dor
Falarei de novo
Deus é um conceito,
Pelo qual medimos
nossa dor
Não acredito na mágica,
Não acredito no I-Ching,
Não acredito na Bíblia,
Não acredito no tarô,
Não acredito em Hitler,
Não acredito em Jesus,
Não acredito em Kennedy,
Não acredito em Buda,
Não acredito em mantra,

Não acredito em Gita,
Não acredito em ioga,
Não acredito em reis,
Não acredito em Elvis,
Não acredito em Zimmerman,
Não acredito nos Beatles,
Eu só acredito em mim,
Yoko e eu,
E essa é a realidade
O sonho acabou,
O que posso dizer?
O sonho acabou,
Ontem eu era sonhador (tecelão de sonhos)
Mas agora renasci
Eu era a morsa
Mas agora sou John,
E então, queridos amigos,
Vocês precisam continuar
O sonho acabou.

Parece-me muito bonita, clara, é uma canção que diz algo, embora eu costume resistir à idéia de que as canções tenham mensagens. Gostaria de destacar algumas coisas:

1. A primeira frase, "Deus é um conceito, pelo qual medimos o tamanho de nossa dor", parece-me uma boa idéia. Deus é um conceito doloroso, ou dorido, que surge da dor e expressa dor. Nietzsche nos falaria de outros costumes (ele não é anti-religioso, mas anti-monoteísta, ou, como ele diz, "anti-monotonoteísta", porque entende que há religiões, como a grega antiga, em que os deuses servem como figuras simbólicas para afirmar a vida e não para negá-la, coisa que acontece, segundo ele, no judeo-cristianismo ou no budismo, de diversas maneiras). Não quer dizer que os ateus não sintam dor, mas não fazemos da dor a verdade da existência; aceitamos a existência da dor, mas não permitimos sua glorificação. O judeo-cristianismo encontra na dor um valor positivo, estrutural, transforma-o, de certo modo, em virtude e em prova de profundidade. Não é necessário cair na opção antagônica do hedonismo (posição impossível, porque certo grau de dor não pode ser evitado se quisermos crescer, nos desenvolver e, inclusive, viver bem) para ver até que ponto esse anti-sensualismo é uma posição negativa para a vida. Uma coisa é a cultura do sacrifício, na qual tudo adquire sentido pela dor que causa (segundo a qual é bom fazer algo que, por definição, não queremos fazer), e outra é uma cultura que busca a conquista de objetivos, o prazer, o desejo, na qual se atravessam as dores necessárias para que tais sentimentos vitais existam.

2. A enumeração das coisas nas quais Lennon não crê narra sua aventura pessoal de crenças. Diz que não crê em tudo aquilo em que acreditou, além de anexar aos objetos de fé alguns outros, que representam a catástrofe à qual a fé pode levar, como Hitler. Na série, aparecem os recursos aos quais, habitualmente, recorrem aqueles que procuram escapar da fé religiosa tradicional, encontrando uma espiritualidade mais ligada ao terreno, ou seja, mais realista e verdadeira. Refiro-me a Buda, ioga, I-Ching etc. Depois, inclui seus próprios deuses: Elvis, a quem os Beatles aspiravam assemelhar-se – embora logo o tivessem superado amplamente –, e Zimmerman, quer dizer, Bob Dylan, outro admirado pelos Beatles, freqüentemente endeusado por seus fãs. No entanto, depois, dá um passo mais – interessante –, que é o de incluir na lista aqueles que representam, também, seu próprio lugar como objeto de fé de outros: não acredita nos Beatles.

3. "Eu só acredito em mim", diz. Costumo me rebelar diante da idéia de substituir a crença religiosa por uma crença de outra ordem, pois entendo que a crença é a estrutura de sentido que deve ser superada, mas ele se coloca no centro de seu mundo e, parece-me, que o faz colocando-se como referência fundamental: creio que eu sou eu, me levo em conta, parto da

minha realidade. E a seguir: Yoko, o objeto terreno de seu amor, que é parte de si mesmo. (Fica pendente aqui o tema sobre se o apaixonar-se é uma fé, que podemos tentar entender em outro momento, e que chega até o ponto de questionar se somos deuses para nossos filhos.)

4. "O sonho acabou", diz, do modo como Nietzsche também alude à morte de deus. A humanidade avançou a ponto de dar esse passo, de não necessitar da referência sobrenatural para enfrentar o mundo. "Ontem eu era um sonhador", continua, "mas agora renasci." O sonhador é aquele que acredita em realidades que não o são - como diria Nietzsche, mais uma vez -, e, para sair desse sonho, que forma uma visão do mundo insubstancial, que não pode ser vivida, deve refazer-se, voltar a nascer para uma existência livre e exigente. "Eu era a morsa" - personagem de uma canção dos Beatles -, "mas agora sou John. Vocês precisam continuar": creio que esses versos falam de viver, de levar esta vida, que temos que aceitar e entender que não há outra, que não há que se prolongar até a imaterialidade ou o sobrenatural, mas, simplesmente, ser quem somos cada um de nós.

7 Ximena

Outro dia, o pai de uma criança de seis anos me contou um relato muito bonito de quando seu filho lhe perguntou sobre o primeiro homem. Fiquei comovida ao ver como aquele pai se sentiu envolvido e comprometido diante dessa pergunta. Adorei o relato e fiquei pensando. A criança lhe disse algo assim como "tudo bem, todos nascemos de um homem e de uma mulher, mas como surgiu o primeiro homem?". O pai, esmeradamente, explicou-lhe as duas teorias básicas: há gente que acredita que o homem foi feito por deus, há gente que pensa que é mais um animal na evolução natural. Quando o pai perguntou a seu filho de qual das duas opções gostava mais, a criança respondeu que era a de deus, porque tinha mais magia. É lógico que seja assim: a religião é coisa de criança, é uma necessidade infantil. As crianças gostam dos relatos religiosos, pois satisfazem suas expectativas, estão repletos de histórias de fantasmas, mistérios, heróis do bem e vítimas do mal. Você, o que diria às crianças se lhe perguntassem isso?

Na noite de ano novo de 2007, justamente quando começávamos a pensar no livro sobre a criação atéia, Andrés me fez as primeiras perguntas, dessas que sempre esperamos ter que responder: "Mamãe, como se fazem as pessoas?". Estar sintonizada com a temática do momento me ajudou a pensar como apresentar o mundo a uma criança quando não se recorre a deus para lhe explicar as questões fundamentais da vida. Também me perguntou por onde ele e seu irmãozinho tinham saído da barriga e o que teria acontecido se ele não tivesse pais. Foi emocionante. Eu me senti bem em não precisar falar de deus, pois o mais simples era responder sem rodeios, dar nomes às coisas como elas são. A vida, a morte, os filhos, o corpo, a natureza, plenamente. Tão direto para eu responder quanto para ele perguntar.

Isso me fez pensar que é assim que devem ser enfocadas as perguntas das crianças, tão simples e concretamente como elas as formulam. É óbvio: temos que nos adequar à idade daquelas que perguntam, os níveis de complexidade das respostas não serão os mesmos em todos os casos, e tudo dependerá da empatia de que sejamos capazes. Se estivermos em sintonia com nossos filhos, provavelmente possamos responder dizendo o que é, nem mais nem menos, simplesmente o que eles precisam saber no momento. No Natal, você tinha explicado que Papai Noel era um personagem como aqueles dos filmes, como Buzz Lightyear, Zorg e os demais. Senti dificuldade de responder quando ele me perguntou: "Por que as pessoas morrem, mamãe?". Aí sim, foi difícil. Percebi que começávamos a compartilhar a consciência da dor, da finitude. Talvez, nesses momentos, tivesse sido mais confortável apelar para respostas fantasiosas, para ilusões de eternidade e existência de outros mundos, que não nos deixam morrer totalmente. Seria essa uma boa razão para falar de deus, velar a dor, disfarçar a tragédia, a parte dura da existência? Não, isso seria desonrar a vida, é justamente sua finitude que a torna tão maravilhosa e digna de ser vivida, que nos permite apropriar-nos da experiência a cada passo que damos.

Minha sensação é que passar pelo mundo sentindo que ele é apenas uma transição para outra coisa, e não algo pleno em si mesmo, nos afasta de sentir o valor de estar vivo, de participar da maravilha de ser alguém neste mundo assolado por opções. Não há vida íntegra sem dor, não há experiência de felicidade sem tristezas superadas. Mostrar às crianças um mundo posto nas mãos de deus e dar lugar a todas as explicações ordenadas em sua lei é começar limitando-lhes a visão, sugerir-lhes uma idéia muito pobre da existência.

A abordagem religiosa do mundo afasta as pessoas de si mesmas, coloca-as em mãos de poderes superiores aos quais têm que se conformar, que têm que venerar. É por outro todo-poderoso que o mundo encontra um sentido, e a vida se resume a cumprir apenas com o esperado. Em troca da salvação eterna, haveria que se privar da existência real limitada. A proposta religiosa desresponsabiliza, tudo é para depois de outra coisa, a vida está em outra parte, a sexualidade tem outro sentido, não somos donos de nada, vivemos para outros que não somos nós. Desse modo, as religiões invertem os sentidos: vêem pobreza e sofrimento onde o que há é imensa realidade.

A grandeza é ver o mundo tal como ele é. A realidade é dura, porém é mais trágica se for pensada, sentida e vista a partir de uma perspectiva religiosa.

"Mamãe, por que as pessoas morrem?"

Porque vivem e fazem muitas, muitas coisas, até que ficam cansadas e morrem. Para meu filho de três anos, foi isso que pude dizer. Ainda não consegui lhe explicar todas as vicissitudes que podem ocorrer. Ainda não lhe disse que a morte está sempre perto de nós, como ensina Castaneda. Os psicólogos sustentam que, quando os questionamentos vêm de crianças muito pequeninas, as respostas não devem ir além do que elas estão perguntando.

Você sempre diz que há muita gente que é mais atéia do que imagina, e me parece muito interessante essa idéia. A tradição não lhes permite reconhecerem-se como ateus, porém seu estilo de vida, seus costumes, seus valores não condizem com perspectivas religiosas. Penso no meu caso. Outro dia, você me disse que fizesse referência de como foi para mim chegar a me sentir atéia. Batizaram-me na semana em que nasci. O importante desse evento foram meus padrinhos e o cumprimento de uma tradição familiar não muito embasada. As crianças nascem e são logo batizadas, assim já estão a salvo, quanto antes melhor. Todos os batismos familiares foram motivo de festa e emoção. Houve, em minha infância, alguma referência aos anjinhos, ao céu e às estrelas quando morreu meu avô, o que me deixou bastante confusa. Fui então para o Lenguas Vivas, um colégio do Estado no qual a religião não era uma matéria, mas onde as meninas que, assim como eu, queriam receber a primeira comunhão – e éramos a maioria – faziam o catecismo. A aula de catecismo era depois do período e era legal ficar no colégio quando escurecia, gerava-se um clima meio tenebroso naquele edifício antigo e gigante, entre relatos obscuros e temores que cresciam à medida que se aproximava o grande dia. Com Valentina, minha melhor amiga, vivíamos esse momento com um pouco de vertigem e muita estranheza e aventura. Confessar, comungar, o corpo de Cristo... nos sentíamos como personagens de um conto. O que se deveria dizer ao padre? Se você contava mentiras, as coisas pelas quais sua mãe a repreendia? Tudo muito louco para meninas de sete anos, ávidas por experiências diferentes. De nossa parte, fantasiávamos com passagens secretas na escola, acreditávamos que tínhamos poderes e que, a qualquer momento, conseguiríamos sair voando. Mas, fora isso, deus era algo estranho, sem forma, sem sentido.

O que mais me entusiasmava em receber a primeira comunhão era o vestido branco que minha madrinha ia me mandar de Córdoba – esperava-o com toda minha alma. Por alguma circunstância, a chegada do vestido se atrasou, e lembro que, preocupada e angustiada, comentei com minha mãe: "Mas se o mais importante da comunhão é o vestido branco!". Também esperava a festa, os santinhos, os presentes: crucifixos e medalhinhas de ouro, além dos envelopinhos com dinheiro. Finalmente, o vestido chegou, era espetacular, e adorei o terço de cristal que minha avó Ester me deu de presente para esse dia. A comunhão em si foi o mais frustrante: a hóstia grudou no céu da boca, e como, teoricamente, não podia tocá-la com a mão, tentei, disfarçando, enfiar um dedo num gesto de prece para desgrudá-la. Também me repreenderam, no meio da cerimônia, porque troquei umas palavras com Valentina – esperava-se que as meninas mantivessem absoluto silêncio, coisa que nessa idade é impossível para crianças saudáveis e cheias de vida. Depois jamais voltei a uma missa com minha mãe. Recentemente, com meus avós e primos paternos, tive mais contato com todo esse mundo do qual só me aproximei de fato quando começava minha terrível adolescência. Diante de semelhante fenômeno, a primeira coisa que pude fazer foi me tornar muito crente – não só ia à missa aos domingos, como, quando podia, ia também durante a semana. A missa de semana é mais curta que a de domingo, o que era uma vantagem, porque encontrava na igreja um pouco de quietude, penumbra, a sensação enorme de estar fazendo alguma coisa bem, e isso me deixava tranqüila.

Vê-se que eu tinha medo de fazer as coisas mal. Essa etapa de minha vida está coberta por sombras. Muita leitura de vida de santos, preocupação com o pecado, correntes cheias de medalhas, livros com imagens, eu era uma garota estranha. Sempre cuidando para que nada na minha indumentária pudesse parecer impudica. Também muita tristeza e falta de sentido, e não saber para onde ir. Embora estivesse chegando a hora, e já com a madrinha escolhida, acabei não sendo crismada.

Lembro que fui a única de meu grupo que, num retiro espiritual – coisa que estava na moda entre as adolescentes da época –, não comungou na missa de encerramento. Naqueles dias, senti que as manipulações emocionais que se geravam em nome de deus e da virgem eram de terror: todos chorando por nossos pecados, morbidamente. Foi então que resolvi começar terapia, e, de repente, foi uma iluminação. Por sorte, minha amiga Andrea me emprestou alguns livros provocantes e, como fui gostando cada vez mais de lê-los, comecei a entender algumas coisas da vida e a me sentir atraída por gostos proibidos. Falo de leituras bastante típicas: *Demian*, de Hermann Hesse, me deu o grande empurrão para poder me questionar tudo, além de outras vivências do momento, vinculadas ao corpo e à revolução hormonal. Não durou muito o conflito: Serrat e o rock nacional infundiram-me um impulso tão vital que todo o lado religioso foi se limitando a lembranças de infância. Aos dezessete anos, acabei assumindo que não acreditava em deus, quando minha avó Ñata morreu, e foi um padre que me deu a chave para esse entendimento, um padre bacana. Eu estava muito triste, mais triste do que nunca antes em minha vida, não encontrava consolo. "Sua avó morreu, mas o amor que você sente por ela não vai morrer nunca, continuará sempre dentro de você", disse-me ele. Essa frase acabou por me convencer de que deus não intervém na vida dos que continuam, que nós somos capazes de, sozinhos, encontrar os sentidos próprios e a vontade de viver. Depois vivi alguns anos de indefinição, até que comecei a estudar psicologia, fui morar sozinha e senti que minha vida dependia do que eu pudesse fazer com ela. Deus não existia.

8 ALEJANDRO

Como seu amante que sou, quase não resisto a fazer piadas sobre o quão diferente você ficou no fim – primeiro tão pudica e religiosa, e depois... (Na sua época de discoteca e tequila, você levava santinhos também?) Mas é melhor não, porque isto não é um escrito privado, mas público, e convém discernir o que é íntimo ou não. Não será esse, também, um ponto interessante em relação à religião e à criação? Nas vidas religiosas, de algum modo está implícita a idéia de que devemos ser completamente transparentes, e o imperativo hipermoral leva a que tenhamos o fundo da loja tão organizado quanto a vitrine. Acredito que a saúde tem mais a ver com aceitar que na vida particular há diferentes ordens e que há campos de soberania absoluta, onde, se há valores, estes devem estar fundamentados em certezas pessoais e não em princípios universais. Quando um ateu diz isso, o crente tende a sentir que então a realidade é um caos. Ao que se pode responder: a realidade é um caos e sempre o será, mas esse caos tem forma. Não se perde toda ordem na extrema complexidade que aparece quando abrimos os olhos e deixamos de acreditar em fantasmas.

Sim, também me custou responder a Andrés sobre a morte, quando nos perguntou, mas acredito que é porque o tema é difícil também para nós. Não senti a tentação de mentir, de falar de outras vidas ou de expor as opções, como se eu não tivesse uma visão formada do tema. Parece-me que a pergunta "Que acontece quando morremos?" deve ser respondida com a verdade íntima a partir do que acreditamos, não avaliando todas as respostas que foram dadas, como se a criança estivesse fazendo uma pesquisa para o colégio. Os pais têm que fazer uma auto-análise, dizer aquilo em que acreditam e pronto. O que acontece é que a dificuldade de responder se dá porque nós próprios nem sempre conseguimos confrontar esse fato tão grave, então queremos proteger as crianças de um susto terrível. Parece-me genial a idéia de falar até onde elas perguntam e, portanto, começar dando uma resposta verdadeira, porém simples; de não chegar ao ponto em que, para tentarmos ser verdadeiros, comuniquemos todas as nossas angústias, mas tê-las já, de algum modo, processadas para que a simplicidade de uma resposta justa seja possível.

No seu caso, você conhece a religião de dentro, pois teve a experiência da confissão, fez catecismo, comunhão, retiro espiritual etc. Eu não vivenciei nada disso, meu ateísmo é natural, enquanto o seu é, digamos, conquistado. Deve haver muita gente como você e também como eu, mas, pelo que se percebe na sociedade, parece que o seu caso é mais freqüente que o meu. Na realidade, o tipo de criação que queremos dar a nossos filhos, que aparece neste livro como criação atéia, é outra coisa. Não nos propomos "sermos ateus" – quem é ateu o é, e pronto. Tampouco somos inimigos da religião, embora nossas opções pessoais construam um estilo de vida muito distante do modo religioso de ser.

Uma tarde, Andrés estava vendo o filme dos Backyardigans no computador do meu escritório, no episódio dos fantasmas (que é muito bom, eles fazem "buuu" o tempo todo), e eu lhe disse: "Você notou que, quando a gente vê em outro aparelho um filme que já viu antes, a gente consegue perceber outros detalhes?". E ele assentiu com a cabeça, dando a impressão de que entendia perfeitamente o que eu tinha tentado lhe dizer. (E o que isso tem a ver com o tema deste livro? Ah, mas é que se ficarmos sempre concentrados em um único tema, tudo fica muito chato. Todo livro que trata de um determinado assunto tem que falar de outros, porque o que se pretende é fazer viver o tema no ambiente de uma realidade que também tem que aparecer e tornar-se sensível, porque, do contrário, tudo fica impostado.)

Bem, eu disse isso a Andrés e ele me olhou com cara de entender perfeitamente, e pareceu-me um momento genial, porque é um passo para nos compreendermos cada vez mais no incrível caminho de compartilhar a investigação sobre o mundo que está implícita em toda vida. O maravilhoso é isso, ir olhando como são as coisas, como é o mundo, obviamente que em meio a uma vida levada pelo desejo, quer dizer, pela vontade de certas coisas, pela busca de certo tipo de satisfações (cada qual com as suas, algumas coincidentes, outras nem tanto), a curiosidade desatada de quem está realmente interessado e surpreso com um mundo tão curioso. Ou seja, chegamos depois dessa digressão a ver a relação que há entre esse momento que me chamou a atenção e nosso tema: a criação tem que se dar nesse contexto de investigação pelo mundo, de arte que busca o modo de viver e, ao mesmo tempo, também desfruta sensualmente da realidade, pais e filhos interessados nela. E isso, precisamente, não é muito religioso. As religiões lidam com isso fechando o mundo a partir de alguns princípios básicos, simplistas (quer dizer que constroem uma simplicidade empobrecedora, um pouco enganosa, porque nega evidências o tempo todo), dando à realidade um caráter de malignidade que deve ser corrigido ou, pelo menos, lamentado. Exemplos: diante de cada evidência da naturalidade do desejo sexual, as estruturas religiosas colocam o irrealismo de uma coisa demoníaca e perigosa, que deve ser controlada. Nem falemos da rejeição da anticoncepção – posição mais do que religiosa, na realidade, um pouco fanática, que gera mais problemas do que resolve –, mas consideremos apenas o que acontece quando as crianças tocam seus sexos.

Somos liberais, *hippies* ou *neo-hippies*; para nós, não há nada de ruim nem perigoso em que se toquem o quanto quiserem, à medida que vão crescendo; queremos ser, com nossos filhos, mais abertos do que nossos pais foram conosco (seja porque estivessem sob o âmbito de certa religiosidade, com valores antinaturais, como diria Nietzsche, ou porque arrastassem uma visão de outra época), mas, de toda forma, o momento nos propõe uma reflexão. É bem mais um desafio, um campo onde há que inventar um modo de ser autêntico, o modo como realmente queremos ser e somos, e isso acontece quando se abordam temas que consideramos difíceis (a morte, a sexualidade, a origem de tudo, a presença do mal), porque neles há necessidade de definir um novo estilo, uma maneira própria.

Acredito que aquilo que chamamos de religião é um modo fechado de ser, às vezes religioso e às vezes não, onde se supõe que as formas do mundo já estão quietas e determinadas, recorrendo à definição dada às coisas mais que promovendo a ação de responder. Essa resposta é a que abre a experiência de viver, a experiência propriamente dita, ou seja, um caminho no qual vamos experimentando, vamos fazendo nosso mundo ao descobri-lo. Acredito que uma criação tradicionalista é uma criação pouco trabalhada, pouco vivida, ou, como você diz em seus textos, uma criação com pouco amor. O amor não se declama, como se costuma fazer nas religiões; o amor é um modo de vida que fala de outra coisa e não do amor, fala do mundo e das pessoas.

Você termina sua parte anterior dizendo que quase ao mesmo tempo você foi viver sozinha e que tinha assumido totalmente que deus não existia. É uma bela maneira de expô-lo: quando a gente sabe que deus não existe, vai viver sozinho, vai viver por si próprio. E essa solidão não é trágica, é um mundo em desenvolvimento e, além disso, que fundamenta todos os bons encontros com os outros. Se não partirmos dessa solidão, não vamos a nenhum lugar.

E acrescento: neste capítulo apareceram outras alusões àquilo que realmente estamos fazendo, quer dizer, escrevendo-nos longas cartas, trocando textos para ir pensando entre nós aquilo que nos propusemos a desenvolver. Acredito que esta forma de aludir à intimidade concretíssima do momento em que se escreve é um dos aspectos do pensamento, não apenas porque aumenta o valor de comunicação de um escrito, como também aproxima referências e associações que acabam sendo partes importantes da reflexão. Ou seja: tratemos de ser mais assim, livres em relação ao que estamos escrevendo, e vejamos o que acontece. Afinal de contas, é como se estivéssemos gerando um texto.

9 Ximena

Se continuarmos com o jogo ou com a tentativa de denominar de alguma forma o tipo de criação que indicamos, poderíamos chamá-la de criação comprometida. Isso que fazemos, envolvendo-nos no processo de crescimento de nossos filhos, acompanhando-os de perto, tratando a experiência como quem nasce de novo, é um compromisso existencial. Além disso, a idéia de compromisso me leva à sensação de amor, que liga, que aproxima e que demanda, de algo que é para sempre. Os filhos são para sempre.

Você lembra que, quando nos conhecemos e nem pensávamos em ter filhos, nós dois já tínhamos lido os livros de Françoise Dolto, as conversas de rádio nas quais ela responde a perguntas dos pais? Adorávamos a idéia de falar com as crianças clara e sinceramente, de falar-lhes considerando que podem entender tudo, de que colocar em palavras o que acontece ao redor delas é a base da saúde mental. Sempre nos lembramos dessa parte na qual ela aconselha às mães que, quando estiverem descontroladas e nervosas, batam numa almofada, explicando para seus filhos que estão tão nervosas que têm vontade de bater, e, como não batem neles, desabafam dessa forma. Ou se, em algum momento, estão nervosas e gritam com eles, depois devem explicar: "Viu? Fiquei nervosa e gritei com você, acontece com todo mundo ficar assim às vezes...".

Segue essa linha o que você diz sobre falar sem rodeios e, diante das perguntas difíceis das crianças, responder com leveza o que pensamos, sem entrar em explicações teóricas e excessivas. Mas, diferentemente de você, acredito que para que um pai seja sincero deve contar a seus filhos que há diversas formas de explicar certas coisas. Se esse pai não tiver apenas uma resposta para dar, é bom que faça com que seus filhos conheçam as opções, e, desse modo, por esse caminho, podem até chegar juntos a alguma conclusão. No seu caso, você deixa muito claro o que responderia às crianças se lhe perguntassem pelo primeiro homem, como se fez, de onde saiu. Mas, para aqueles que não vêem isso de modo tão transparente, é válido compartilhar justamente essa indefinição, sobretudo se for a verdade do que lhes acontece.

O fato é que são temas difíceis e, embora muitos pais possam ter chegado a respostas claras, eles também podem enfrentar certos conflitos para transmiti-las a seus filhos. São temas que envolvem o mais íntimo do ser, são temas que tocam questões-limite da vida, da existência, da forma de estar no mundo. Estive pensando como poderíamos chamar esses temas que tratam da morte, da sexualidade, da origem da vida, da finitude etc. Ocorre-me dizer "temas difíceis", certamente porque são angustiantes, porque tratar dessas questões nos conecta com nossos vazios, nossos temores e incertezas. Acredito que o que acontece é que são questões conjunturais que, em certo nível emocional, nunca se resolvem totalmente, por mais que tenhamos idéias claras a respeito. É isso, são temas que mexem muito com todos. Por isso pode ser confortável ter arcabouços religiosos para lidar com essas dificuldades, porque, entre outras coisas, além de dar respostas e gerar certezas, permitem evitar o confronto com sensações que nem todo mundo busca enfrentar.

Às vezes me pergunto por que dou tanta importância em olhar e compreender essas situações. Na realidade, desde pequena, sempre me interessei pelo tema das relações familiares, as maneiras como as pessoas vinculam-se a seus filhos, as diferentes formas de ser mãe que eu via. Sempre observei muito as mães de minhas amigas, as dinâmicas familiares, os tratamentos entre irmãos. Quando fiquei grávida e fiz o pré-natal do Andrés, com a Graciela Scolamieri e um grupo de mães, além do trabalho corporal, dedicávamos um longo tempo em compartilhar e refletir sobre a maternidade. Depois o trabalho continuou com os bebês já nascidos. Nesses encontros aprendi, compartilhei com outras mães os processos, as vivências, as sensações. Agora, me dedico a pensar e estudar o assunto. Pensar, como você já explicou bem, é sentir. Muitas vezes, me pergunto por que pensar a criação? Por que ler, estudar, observar? Porque penso que ter filhos é o mais importante que nos acontece na vida, porque educar é uma árdua tarefa. Refletir serve para nos envolver com a intensidade que a criação requer e merece, para enfrentar esse trabalho permanente, para juntar forças, para fazê-lo com a maior integridade possível. Pensar a criação serve para entender tudo o que fazemos quando temos filhos e os acompanhamos na descoberta do mundo, na aproximação com a realidade. Pensar a criação nos ajuda a elaborar as tantas sensações e paixões que irrompem com a aparição dos filhos em nossas vidas, serve para decidir o que fazer, para onde ir e como manipular essa tarefa permanente de acompanhar o crescimento de nossos filhos.

Ter filhos é uma experiência que desestabiliza nossa vida, no melhor dos sentidos; eles vêm para nos mostrar coisas que até então eram de outro modo. Os filhos nos desacomodam, nos comovem, nos emocionam, nos deixam nervosos, nos irritam, nos fazem felizes. Os filhos são uma revolução nas vidas dos pais. Os filhos são pacotes de amor que chegam para ficar, para que lhes façamos um lugar entre nós. Modificam-nos, não somos os mesmos a partir do momento em que aparecem, nos agregam densidade, emoções e sentido. Os filhos nos confrontam com tudo aquilo que, possivelmente, antes não queríamos ver, iluminam nossas zonas mais escuras, nos obrigam a encarregar-nos de nós mesmos, para podermos, assim, encarregar-nos deles. Os filhos rompem nossas rotinas, mudam nossos espaços, modificam nossos hábitos, usam a casa em toda sua extensão, não nos deixam dormir o quanto gostaríamos, limitam nossas possibilidades de ler, de sair, de fazer amor. Os filhos interferem em tudo, ocupam tudo, e mais: instalam uma dimensão do amor inimaginável até sua chegada, mostram-nos um mundo genial através de seu olhar curioso, interessado, entusiasta. Os filhos dão as cartas em qualquer circunstância, iluminam nossa vida com suas carinhas dóceis, permitem-nos sentir quão importantes podemos ser. Querem-nos porque sim, porque necessitam de nós. Os filhos querem nossa felicidade, preocupam-se conosco, dependem de nossos estados de ânimo, dedicam-se a mostrar suas conquistas. Crescem no clima emocional com que somos capazes de brindá-los. Por tudo isso, é necessário e maravilhoso se comprometer a fundo com eles, amá-los e acompanhá-los o melhor possível.

10 Alejandro

Gosto quando você diz que há coisas que nunca se resolvem por completo, acredito que é a posição mais sábia. Há coisas que não podem ser controladas, e o plano religioso tenta dominar o que não se pode dominar. De fato, poderíamos dizer que nisso as religiões fracassam, ou triunfam apenas parcialmente. Aquele que morre em deus tem onde se agarrar para afastar a angústia, mas nada consegue eliminar o desalento nem o final inevitável. O que não se sabe da morte, o que faz dela um mistério, é como ela é sentida, como é vivida, mas acredito que temos de admitir que o final de nosso corpo é nosso final, da nossa vida.

Também me parece interessante considerar a idéia de que os filhos desestabilizam, porque é provável que um dos sentidos da religião seja precisamente o de assistir pais desestabilizados, procurando obter um sentido que organize a enorme bagunça que o nascimento de alguém novo traz.

Sim, claro que é lindo o nascer de um filho, que é fruto do amor e tudo mais, porém, não temos por que atenuar a gigantesca chicotada que a gente leva quando se transforma em pai, quando sabe que tem a seu cargo um serzinho que é muito importante e exige de nós muitas mudanças, para as quais não se está necessariamente bem preparado. Por isso, ter um filho faz amadurecer de uma maneira tão notável, pois é um desafio à forma atual do pai ou da mãe, que devem começar por baixo, fazer-se de novo, mudar seu estilo de vida, para se colocar a serviço do filho que, no princípio, é só um bebê, um buda delicadíssimo e chato, que pede tudo, mas sem poder se explicar. Um bebê é de enlouquecer, sobretudo, calculo, para o pai, mas o certo é que se fala da psicose puerperal da mãe e não da do pai, provavelmente porque o mais habitual e simples para um pai é ir embora. Ir de vez e/ou estar ausente, sair, confiando que deus salvará a coisa toda, que deus se ocupará do filho de que ele não pode cuidar ou que ele sequer tolera?

Se houver necessidade de uma família na qual integrar a criança – porque se trata não só de dar afeto, como se costuma pensar, mas também de tranqüilidade e ajuda, de aval (financeiro, de sentido etc.) –, a pequena família dos seres humanos entre os quais se nasceu amplia-se com a família dos crentes, na qual o bebê fica integrado ao mundo de uma forma clara e simples. O outro aspecto, mais difícil e mais valioso, que é dar-lhe um suporte mais próprio e pessoal, requer força e autenticidade, que não são fáceis de viver. E, provavelmente, o assunto todo não se defina no instante do nascimento, nem em relação a ele; um filho se soma ao tipo de vida que se levou, ao que se tem como estilo próprio. Em alguns casos, serve para questionar escolhas anteriores, como uma chamada de atenção, como se a criança fosse uma convocação para os combates dos quais costumávamos fugir, e, em outros casos, aparece como uma confirmação: "Eu, que nunca pude comigo", pode dizer um pai, "que sempre recorri a critérios preestabelecidos diante de todas as coisas, sem perguntar se me pareciam corretos ou não, agora que tenho um filho, vou repetir a jogada e vou deixar tudo nas mãos da tradição". Ou: "Eu, que me fiz de bobo em tantos aspectos, agora vejo que a coisa não afeta somente a mim, mas também a meu filho, vou tratar de conduzir minha vida do modo como acho adequado". Um filho é algo avassalador.

Que palavra me veio agora: tradição. Para mim é um valor negativo. Na minha moral, na qual os valores são autenticidade, criatividade, crescimento, desenvolvimento, ousadia, alegria, vontade de viver, liberdade, soltura, fluidez, vitalidade, desejo, e outros nessa linha, a tradição representa o papel de uma instância conservadora e expressa certa mesquinharia diante da experiência de viver. Supõe afirmar o convencional, que, uma vez superado, nos permite crescer baseando-nos em nós mesmos. E as religiões representam o máximo em tradição – diante de cada situação, em vez de se buscar uma mudança pessoal, própria, sentida, opta-se pela versão preestabelecida, consensual, segura, formal. Vemos isso no zelo com que muitas famílias judias lutam para casar seus filhos com outras pessoas da mesma religião, ou na ênfase que o cristianismo coloca na autoridade dos mais velhos, na sua permanente tentativa de acomodar a insurgência das formas novas às engessadas e seguras formas do passado.

Há também a sensação de que pais que têm seus filhos dentro de uma estrutura religiosa não acabam sendo plenamente pais, mas procuram, antes, situar-se, ao menos em certo sentido, num plano de irmandade com seus filhos, como se toda pessoa fosse um bebê em relação a esse poder superior que se faz de pai. Penso que não estaria errado sentir que filhos e pais estamos afinal imersos num mesmo mundo compartilhando uma situação existencial, porém, vejo no costume religioso algo mais, uma espécie de incapacidade de se afirmar totalmente, como se qualquer perspectiva, pensamento ou emoção tivessem que se emoldurar nesse contexto tradicional que funciona como pai geral. De fato, e para provar que a idéia não é tão descabida, fala-se de deus pai, e acredito que esse nível simples de interpretação, não por ser simples, é inadequado: os irmãos e as irmãs compartilham a fé e o amparo de um pai que cuida deles, exigindo-lhes a adesão a valores pétreos, imutáveis. Uma experiência plenamente livre, atéia, considera que os valores dependem dos atos de valorização que surgem das vivências pessoais, que os valores não existem além desse passo criativo com o qual damos forma à nossa vida.

Poderíamos chamar esse tipo de criação, como você diz, de criação comprometida, ou criação não tradicional, entendendo por isso que os passos que vamos dar estarão legitimados desde nós e por nós, e não instalados automaticamente por serem "aquilo que todo mundo faz e aquilo que se deve fazer". Os filhos desestabilizam, e deus aparece em cena para salvar aqueles que não querem riscos nesse momento difícil que poderia ser criativo, mas que a religião acomoda à repetição.

O que me parece ficar claro, uma vez mais, com estas idéias que estamos comentando, é que o ateísmo não supõe uma posição desencantada ou cética. O ateu não crê em deus justamente porque dá à vida um lugar de maior valor, porque não precisa se salvar de nada, porque quer viver tal qual a vida se apresenta: difícil, porém sensacional. Talvez, em seus primeiros passos, o ateísmo tenha tido um caráter negativo, pois era a posição daqueles que viam com desengano que não havia um deus que pudesse salvar alguém, nem encaminhar a situação. Mas, depois, surgiu uma visão mais plena, na qual a certeza da inexistência de deus passa a um segundo plano: já não se fala de deus, mas sim da própria vida, sem a necessidade de imaginar nenhum mundo além, nem outra realidade.

Claro que você tem razão quando diz que um pai deve compartilhar suas dúvidas com seus filhos e que disso pode surgir uma posição em comum. O que eu não gosto é quando um pai que tem uma posição age como se não a tivesse, para se passar por "objetivo". Isso tem a ver com o que você diz e de que gostamos tanto, seguindo Dolto: a idéia de falar clara e simplesmente com as crianças a respeito de tudo. Creio que é um princípio saudável que deve ser aplicado também às relações adultas, porém nem sempre é muito fácil, não?

DIÁLOGO
SEGUNDA PARTE

1 Ximena

Nesta segunda parte do livro, incorporamos comentários sobre relatos verídicos ou citações de outros livros relacionados ao tema que estamos trabalhando. Na realidade, tudo aquilo que vivemos tem a ver com a criação atéia.

O primeiro que me vem à cabeça é um livro que estou lendo, *El niño feliz* [A criança feliz], de Dorothy Corkille Briggs, no qual a autora propõe como eixo da saúde mental da criança um bom nível de auto-estima. Ela diz: "A criança com auto-estima elevada é a que tem mais probabilidades de vencer". Estou totalmente de acordo, e sei que você também. E define a auto-estima: "É o que cada pessoa sente por si própria. Seu juízo geral sobre si mesma, o quanto lhe agrada sua própria pessoa em particular". Insistir nesse plano da relação da criança consigo mesma, de relação de confiança proporcionada por apoio e inclusão, é enfatizar o que acredito ser mais importante. Em seguida, esclarece, para evitar os mal-entendidos habituais: "Ter a auto-estima elevada não é ser presunçoso. É, por outro lado, ter um silencioso respeito por nós mesmos, a sensação do próprio valor". Por que pressupor que um elevado nível de auto-estima implica desenvolver uma personalidade marcada por atitudes soberbas ou prepotentes? Mais adiante diz: "O conceito que a criança tem de si própria influencia na escolha de seus amigos, na forma como lida com os outros, no tipo de pessoa com quem se casará e no quão produtiva será no futuro". Briggs termina o primeiro capítulo, que se chama "Bases da saúde mental", com esta fórmula: "A chave do sucesso dos pais está em ajudar as crianças a desenvolver altos níveis de auto-estima". Eu adorei.

Uma vez mais, pensar nos filhos me faz pensar nos pacientes e vice-versa. Estou convencida de que também um trabalho psicoterápico bem-sucedido tem que conseguir, basicamente, que a pessoa se sinta bem consigo mesma, e, de fato, sempre avalio o nível de auto-estima que alguém tem quando vem se consultar por questões emocionais.

A auto-estima é um valor ateu

E é um valor fundamental na criação de nossos filhos. Seria muito bom poder ensiná-los desde pequenos a se aceitar e se amar como são. Alguém pode dizer que isso é conformismo, mas não é, é celebração, é uma expressão da capacidade de ficar bem. A idéia de que se deve ser uma pessoa melhor é totalmente religiosa, baseia-se na crença de que estamos em falta neste mundo e na idéia de que temos de fazer coisas boas para ter acesso a um mundo melhor. Ou seja, do ponto de vista religioso, não está certo ser como somos, estar onde estamos. Vivemos em pecado, temos que pedir muito perdão por tudo. Nesse contexto, falar de auto-estima não tem sentido.

É uma verdade evidente que a forma de estar e de se sentir consigo mesmo determina como nos situamos no mundo.

Passamos a vida tentando estar bem com nós mesmos, nos aceitar, confiar em quem somos. E é claro que viver pode ser mais agradável se partirmos de uma maior sensação de bem-estar com quem somos, se desfrutarmos de ser como somos. Como é essa distinção que Osho faz entre os celebrantes e os ambiciosos? Você lembra como nós adoramos? Tem a ver com isso. Para celebrar a vida, há que querê-la tal qual ela é; querê-la sempre diferente leva à insatisfação e à perda de realidade.

A criação, sentida como fazemos nós, que cuidamos do valor individual, das diferenças, das necessidades particulares, é essencialmente atéia. É um valor ateu dar à criação o lugar, a importância que se lhe dá hoje em dia. Os pais que, como nós, se dedicam a pensar nessas coisas estão muito ligados ao presente, procuram tornar valiosa a vida dos filhos no seu dia-a-dia. Isso é o que comentamos cada vez que vemos na televisão quantos programas estão surgindo em relação a filhos, nascimentos, mães, babás. Para mim, isso é uma mostra de que a sociedade está avançando. Dar à criação a dedicação que ela requer é o que nos permitirá obter um desenvolvimento social mais valioso. Quando as pessoas se sentem bem consigo mesmas, têm mais possibilidades de fazer bem as coisas, de gerar bons projetos, de produzir, de criar, de fluir, de gostar. Isso é fundamental. Aqueles que sabem mais e podem gostar dos outros são os que podem gostar de si mesmos. Quanto mais avanço no tema, mais me convenço de que cuidar da auto-estima de nossos filhos é fundamental, quase revolucionário, é uma inversão dos valores judaico-cristãos. É passar do altruísmo do rebanho, da compaixão, de oferecer a outra face, para priorizar o individualismo, levando em conta que, para ajudar o outro a se sentir bem, temos de estar bem com nós mesmos. Quantos pais e mães há que, vivendo frustrados, resignados, ressentidos, não conseguem transmitir o bem-estar, o carinho, a alegria que gostariam de dar a seus filhos. Não podem porque não estão de acordo com suas próprias vidas, e não há por que pensar que se trata, essencialmente, de questões financeiras. Pais que rivalizam com seus filhos, mães que competem com suas filhas, casais que usam os filhos como escudo ou como parte de suas lutas de poder e que assim os prejudicam inconscientemente.

Sentir-se bem consigo mesmo é fundamental para viver plenamente; eu associo isso a sentir-se confortável neste mundo, o contrário do que acontece quando se vive apenas idealizando um mundo melhor. Isso vale para todo tipo de atitude religiosa, como você bem disse, e também para os estilos ideológicos ou para os dogmatismos teóricos que tampouco objetivam bons níveis de auto-estima. São posições presunçosas. Corkille Briggs diz: "A presunção não passa de uma fina camada que cobre a falta de auto-estima". E significa que levar ao extremo as posturas assumidas é uma manifestação do desconforto básico que se sente. Agarramo-nos fortemente a algo se sentimos que vamos cair. Quando estamos parados tão debilmente no mundo que qualquer imprevisto pode nos fazer cambalear, precisamos nos agarrar a algo e não olhar muito para o que há mais adiante – essa é a sensação que me passam aqueles que se colocam tão rigidamente diante das idéias, das crenças, dos lugares, das coisas. Quando estava na faculdade, muitas vezes me senti em inferioridade de condições por não conseguir ser muito crítica com relação a teoria nenhuma. Escutava os colegas que defendiam idéias com os melhores argumentos e achava aquilo admirável; em meu interior sentia essa falha como um traço de fraqueza ou de falta de convicção. Ficava tão entusiasmada na aula de psicanálise quanto nos jogos que se propunham nas oficinas de dinâmicas de grupo, e me sentia um pouco tola por isso. Demorei muitíssimo tempo, tive que crescer bastante para perceber que aquilo que me acontecia era lindo, que me enriquecia, que essa atitude me brindava com ferramentas que depois pude aplicar em minha vida segundo meus critérios.

Voltando ao nosso tema, é claro que para os que vêem a exaltação da sensualidade, do prazer, da beleza, como tentações de prazeres terrenos, um alto nível de auto-estima que possibilite o desfrute do ser seria considerado um valor egoísta. Em muitos ambientes religiosos não é permitido se vestir de forma *sexy*, por exemplo, ou às vezes ninguém o proíbe, mas os olhares não escondem as críticas. O fato de restringir o fazer amor em função do controle da natalidade dá a medida do quão condenado está o prazer. Do mesmo modo que ter de nos resignar às coisas de que não gostamos e oferecê-las em sacrifício para nos assegurar uma vida melhor. Como se sentir bem se há que ir tão contra a natureza humana?

2 Alejandro

A palavra "auto-estima" parece, a princípio, um pouco simplória, ao menos para muitos daqueles que, como eu, vêm do universo acadêmico. Como eu gosto da literatura de auto-ajuda, e sustento que nela por vezes se realiza um trabalho de elaboração de pensamento e sentido maior do que em muitos dos trabalhos filosóficos mais respeitados e convencionais, aprendi a conviver bem com a idéia, mas não posso ainda deixar de senti-la, em algum nível de meu ser, um pouco fraca. Entretanto, se leio formulações como as que você pôs no capítulo anterior, percebo que é perfeitamente legítima e útil e ajuda a pensar e entender coisas fundamentais que, de outra forma, permanecem inacessíveis.

Parece-me que "auto-estima" é a variação moralmente aceitável daquilo que se chama "egoísmo". Ou, melhor dizendo, que aquilo que não chegava a ser formulado e vivido positivamente através da figura moral do "egoísmo" pode agora ser formulado a partir da idéia mais adequada de "auto-estima". E sim, é um caminho ateu, poderíamos dizer, embora a referência a deus não esteja no horizonte de discussão. Talvez seja melhor pensar em termos de estrutura da fé. A auto-estima é fé em si mesmo? Não, é uma forma de estar em si, porque a fé supõe uma certa passividade, como se nos colocássemos numa posição afastada e inferior em relação àquilo no qual nos apoiamos. Sim, claro que se pode jogar com as palavras e dizer que ter um bom nível de auto-estima equivale a ter fé, mas me parece melhor ir ao cerne da discussão e perceber a sutileza de que a fé e também a esperança são emoções sempre um pouco desconsoladas e passivas, diria até nostálgicas, reverentes ou, definitivamente, tristes. A auto-estima remete a um repertório completamente diferente, é auto-afirmação, plenitude do desejo próprio, legitimidade, consistência, proximidade validada, amor de base, em ação.

É certo, como você assinala, que a postura religiosa implica uma vivência negativa da auto-estima. Por mais que algum pregador se defendesse argumentando que é um preceito religioso amar a si mesmo, o certo é que se trata de um amor representado, fingido, mal embasado, porque desvaloriza os elementos fundamentais da auto-estima: como se autovalorizar deixando de lado o corpo, sentindo que o desejo é algo pornográfico ou que a busca da satisfação própria deve sempre estar subordinada a uma idéia moral do bem? Criar crianças - ou criar pessoas, digamos, porque a criança é a pessoa em desenvolvimento e não um ser diferente - não pode admitir a idéia "antinatural" de que o corpo, ao buscar sua satisfação e plenitude, está fazendo algo indevido. Ao menos se quisermos criá-las bem. É verdade: a criação, a criação aberta, pensada livremente, aquela que questiona, inclusive, a necessidade de refletir sobre si mesma, é também um fenômeno profunda ou basicamente ateu, ligado à intenção de ser o protagonista da vida, o que na religião não é permitido. Ou pior, não só não é permitido, como esse protagonizar é desaconselhado, considerado uma pretensão excessiva, um atrevimento arrogante: quem você pensa que é para se levar tão a sério em vez de renunciar a você?

Isso me faz lembrar uma colocação de Nietzsche, em *Assim falou Zaratustra*, sobre as duas figuras do outro, dois modos de conceber a relação de uma pessoa com as demais. Está no capítulo chamado "Do amor ao próximo" e opõe ao *próximo* –

que é um outro qualquer, indiferenciado, a quem uma pessoa se liga por dever – a idéia do *amigo*, que é alguém com quem nos sentimos especialmente unidos, aquele que temos no coração e distinguimos entre a multidão de próximos como necessário para nós. Qualquer outro é um *próximo*, muito poucos são *amigos* para nós. Zaratustra desaconselha o próximo e recomenda o amigo, pois o amigo implica um maior nível de autoaceitação, respeita seu desejo e é aquele com quem se encontra a partir de uma busca de si mesmo.

Cito uma passagem desse capítulo, onde fica mais clara a idéia:

> Vocês se achegam ao próximo e têm belas palavras para expressar essa aproximação. Mas eu lhes digo: seu amor ao próximo é seu mau amor com vocês próprios.
>
> Vocês fogem para o próximo fugindo de vocês mesmos, e gostariam de fazer disso uma virtude: mas eu entendo profundamente esse "desinteresse" de vocês.

Por que Nietzsche diz que o amor ao próximo é o mau amor a nós mesmos? Porque, na relação com o próximo, a pessoa não leva em conta sua própria sensibilidade particular como algo relevante. O próximo é um outro não identificado diante do qual se atua levado por uma idéia do bem, à qual se adere como se adere aos princípios morais tradicionais, quer dizer, impessoalmente, e para a qual é preciso haver renunciado àquilo que, de outro ponto de vista, seria o ingrediente fundamental das relações humanas: o desejo, não num sentido sexual, mas sim como emanação de um interesse pessoal. Sim, pode parecer moralmente censurável que ao irmos em direção a outro levemos em conta nossa própria emoção, nosso próprio interesse, mas não podemos esquecer que essa é a base das melhores relações humanas, daquelas que podem ser descritas, adequadamente, como relações amorosas. O amor entre casais não é um amor de renúncia, nem gostaríamos que fosse. Esperamos que nossa noiva saia conosco porque encontra prazer e sentido em fazê-lo, e não porque, impessoalmente, se entrega, como se entregaria um objeto, para nos agradar. O amor acontece quando se agrada a si próprio ao gostar do outro.

É interessante, na citação de Nietzsche, a idéia de que na impessoalidade que existe nas relações entre próximos (que acontecem quando nos juntamos com alguém por dever, por culpa, pelo pedido do outro), o que ocorre, então, é uma fuga de si mesmo. Ao me aproximar do amigo, me aproximo de mim, aceito-me, valorizo-me, levo adiante uma experiência que me obriga a crescer; ao me acercar do próximo, tenho uma desculpa moral para me afastar do difícil (mas potencialmente gratificante) trabalho de ser eu.

Tenho a sensação de que essas coisas são relevantes para continuar pensando e ampliando os temas que estamos considerando, mas não vejo claramente até que ponto. Você vai me ajudar, como sempre, a pensá-lo.

Digamos que um jovem educado na auto-estima é, também, um jovem para quem o significado das relações com o outro é, igualmente, o de sua própria afirmação. Os outros farão parte dele porque ele se colocou em jogo ao se aproximar deles. Se um jovem procede em suas relações impessoalmente, como acontece nas relações que se constroem em grupos nos quais há uma espécie de "massa" que cultiva a inautenticidade, encontrará nessas relações formas de seu próprio desamor.

Você diz que a auto-estima é um valor ateu, coisa que me parece muito clara, e eu começo este capítulo dizendo que o universo intelectual tradicional despreza essa categoria, tanto como o gênero da auto-ajuda, no qual essa categoria encontra a expressão fiel. Será que os intelectuais estritos, severos, rigorosos, são, a seu modo, também religiosos, embora façam, ou simulem fazer, sisudas críticas à religião?

3 Ximena

Desconexão afetiva na criação

Aí onde você se perde, eu encontro uma chave do nosso tema. É fundamental acompanhar o crescimento de nossos filhos, ajudando-os a viver em contato com quem são. Gosto de como você o diz: "o difícil (mas potencialmente gratificante) trabalho de ser eu". É certo que é um trabalho, e acredito que aprendê-lo desde pequenos pode ajudá-los a se conscientizar de si próprios desde o início.

Criar nossos filhos aproximando-os do trabalho de serem eles mesmos é algo que pode soar muito bem, mas, na realidade, não é nada fácil. Dar-lhes ferramentas para que aprendam a ser autênticos desde pequenos implica uma grande complexidade. Não é simples se relacionar com crianças que sabem expressar suas emoções e seus pensamentos, pois elas acreditam naquilo que sentem, opinam sobre o que lhes acontece e o que querem.

Ocorrem-me muitos exemplos que mostram que, em geral, ainda é longa a distância para se chegar a um estilo cuidadoso da subjetividade das crianças. É comum escutar mães e pais, avós, tios, gente grande, enfim, dizendo a um garotinho que chora: "Não chore, não chore mais, você não tem que chorar assim", "Não agüento mais ver você chorando assim, não quero escutar você chorar", "Não é para tanto, não exagere". Nessas expressões, não há um contato suficiente com o que está ocorrendo com a criança. A mensagem é muito clara: "O que se passa com você?", "Aquilo que faz você chorar não está certo, não é legítimo, portanto cale a boca". Anula sua sensação. Claro que é mais complexo se deter para ver e pensar o que está acontecendo com a criança, por que ela chora assim, o que está querendo nos dizer por meio desse pranto e por que não pode fazê-lo de outra forma. É muito importante pensar como podemos ajudar nossos filhos a encontrar modos de expressar o que lhes acontece, a maneira pela qual lhes transmitimos que existe essa opção. Mostrar-lhes que temos vontade de ficar perto e temos tempo de escutá-los não é fácil, e acredito que, se não nos detivermos e não prestarmos atenção a essas coisas, elas podem passar tristemente despercebidas.

A famosa frase "homem não chora" – que, por sorte, já não se usa tanto, embora ainda se escute – é espantosa. O que é melhor que um homem vulnerável e atento a seus sentimentos, que possa ser empático, companheiro, compreensivo? Graças à literatura de auto-ajuda há cada vez mais consciência da importância de integrar os aspectos femininos e masculinos da personalidade em ambos os sexos. Recomendo o *best-seller* de John Gray, *Os homens são de Marte e as mulheres são de Vênus*, que é um bom guia para compreender a diferença sexual.

Voltando aos filhos e ao estilo de criação, é essencial prestar atenção às mensagens que transmitimos a nossos filhos, geralmente sem querer. Hoje em dia ainda há um estilo vinculado que gera distância e descuido, apesar de que os pais gostariam justamente do contrário. Mas também se está revendo e pensando muito isso, e é cada vez mais comum ver pais interessados em programas de tevê (a cabo), grupos de reflexão, oficinas, livros que ajudam a trabalhar essas questões.

Relacionar-se do modo tradicional com os pequenos implica estabelecer uma desconexão afetiva. Um exemplo típico é quando um bebê cai, se machuca, ou se queima, ou se assusta com algo, e os adultos que estão encarregados da situação lhe dizem: "Tudo bem, tudo bem, acabou, não aconteceu nada, não aconteceu nada, acabou, já passou" e logo tratam de distraí-lo com outra coisa. Por quê? Há razões compreensíveis: a angústia das crianças gera angústia nos mais velhos, mas por que descartar tão rapidamente a dor, o mau momento? Por que não nos deixar comover um pouco mais e acompanhar os bebês em suas dores, em seus momentos difíceis, com mais sintonia? Não é melhor reconhecer o que estão sentindo, legitimar-lhes o mal-estar, deixá-los descarregar, permitir que entrem em contato direto e profundo com o que lhes está acontecendo? Nós, adultos, sentimos culpa em ver que, mesmo elas estando conosco, acontecem coisas feias, dolorosas, inevitáveis às crianças, e tratamos de escapar do episódio. Gostaríamos de evitar-lhes o sofrimento, as frustrações, e assim não nos damos conta de que nos equivocamos e que geramos, então, um sofrimento maior não lhes dando a possibilidade de se sentir mal tranqüilamente, de chorar sem que lhes pese, de se queixar sem sentir que estão nos fazendo mal. Quantos de nós, adultos, lembramos de ter nos sentido muito sozinhos em épocas tristes de nossas vidas infantis por não poder compartilhar nossos pesares com os adultos à nossa volta? Como pode ser tranqüilizador para uma criança saber que não faz mal a seus pais por sofrer, como pode ser sadio perceber que há espaço para a tristeza, que não é ruim sentir angústia, raiva, frustração. Dar lugar a esses afetos de nossos filhos, embora seja difícil, é a melhor maneira de ensiná-los a ficar tranqüilos com o que lhes acontece, mostrar-lhes que tudo passa, que as coisas ruins vêm e vão, se lhes dermos o tempo necessário para que sejam elaboradas. Mostrar-se empático e compreensivo com uma criança que sofre é fazê-la sentir que estamos perto e que podemos acompanhá-la. Ao tentar alegrá-la o mais rápido possível, ou distraí-la para que não sofra, estaremos nos afastando dela.

Muitas mães e muitos, muitos pais usam esse estilo de desconexão afetiva quando os filhos chegam mal da escola por algo que os fez sofrer, por alguma situação com amigos, alguma frustração ou sensação de não ser querido, aceito, integrado, tirando-lhe importância, minimizando ou julgando relativo aquilo que o filho conta. "Bem, são coisas de criança, você ainda vai conseguir fazê-lo bem, ainda vão convidá-lo, não dê bola se o tratarem mal..." E, assim, vamos ensinando-os a se afastar de si mesmos, a ignorar aquilo que é mais direto e autêntico no que vão sentindo à medida que crescem e que começam a interagir com outras pessoas do universo extrafamiliar. Não seria melhor, embora obviamente mais complexo, percorrer comprometidos afetivamente, desde os primeiros momentos, essas situações difíceis com as quais vão se defrontar tantas vezes na vida, e, assim, ajudá-los a aprender a saírem enriquecidos da experiência? Não é fundamental nos perguntar o que lhes ensinamos, o que lhes mostramos com nossas atitudes?

Insisto nessa forma tradicional de vincular-se com as crianças porque a associo diretamente aos estilos religiosos inquestionáveis na hora de tratar de tantos temas. Se não atualizarmos as modalidades que utilizamos em todos os aspectos de nossas relações com o mundo, não há crescimento social possível, pois a realidade é que tudo muda permanentemente e é fundamental estar à altura das mudanças para viver bem.

Para pais que, como nós, consideram que o trabalho de serem eles mesmos é um valor a conquistar, viver em contato afetivo com seus filhos ensinando-lhes a sintonia da empatia, exercendo-a com eles, é uma tarefa de todos os dias. Criar filhos numa freqüência predominantemente amorosa pode chegar a ser tão difícil que até é compreensível a tendência ao autoritarismo e ao distanciamento. Todas as ordens necessárias para fazê-los crescer, introduzindo-os nas normas culturais, podem se transformar em situações que convidam a exercer a desconexão afetiva. "Você tem que ir tomar banho agora mesmo", "Você tem que emprestar as coisas", "Vá se vestir", "Apresse-se senão vai se atrasar", "Agora é hora de comer comida, não de comer doce", "Vá fazer pipi antes de sair", "Durma logo", "Não mexa nisso, você vai quebrar", "Escove os dentes", "Não diga isso", "Fique quieto", "Ofereça a todos e convide-os", "Preste atenção", e outras tantas santíssimas (ai!, que lapso!, eu quis dizer muitíssimas) ordens.

Quantas vezes é mais efetivo e rápido dar um grito e deixar para lá... O problema é que depois não nos sentimos muito bem com nós mesmos. Levar em conta tudo o que se mobiliza no mundo interno dos filhos diante de nossos preceitos, ordens e doutrinas é um trabalho enorme, requer um tempo e uma energia incalculáveis. Ficar atentos ao modo de como lhes apresentar as pautas do mundo adulto sem menosprezar seus sentimentos, sem ignorar suas necessidades, sem anular seus estilos próprios, sem menosprezar seus pedidos, sem desvalorizar suas inquietações, é uma tarefa imensa. Uma criação desse tipo pede investir intenção, vontade e arte no processo de crescimento de nossos filhos. A proposta é fazê-lo de tal maneira que eles possam incorporar valores autênticos, sendo fiéis a si mesmos sem violentar sua integridade e aprendendo a ser pessoas cooperativas, amorosas, eficientes, felizes e capazes de fazer bem ao mundo no qual vivem.

Tudo isso tem a ver com o que você assinala quando diz que as crianças são pessoas e que há que aprender a tratá-las como tais. É uma verdade óbvia que não está totalmente incorporada nas formas com que lidamos com elas – muitas vezes tenho a sensação de que as tratamos mais como bichinhos que devemos domesticar. Basta pensar em quantas coisas dizemos às crianças que não diríamos jamais a um amigo, companheiro ou amante. "Você não entende o que estou lhe dizendo", "Por que você não me escuta?", "Você não se importa com nada do que lhe ensinamos", "É um egoísta, só pensa em você", "Não entra na sua cabeça o que eu lhe digo", "Você ficou louco", "Quantas vezes tenho que repetir as mesmas coisas", "Você tem que me escutar", "Peça-me desculpas, você tem que me pedir desculpas"..., e poderíamos dar mais exemplos. Raras vezes nos dirigiríamos assim a outro adulto, acharíamos uma falta de respeito; então, por que com as crianças podemos chegar a ser tão desrespeitosos e sem consideração? Pensemos, por exemplo, o que acontece se um amigo ou uma visita vai à sua casa e quebra um enfeite que você aprecia muito. O que você faz? Tenta fazer com que a pessoa não se sinta mal, minimiza o fato, se faz de bonzinho, certo? Mas se é seu filho que o quebra, provavelmente você o censurará sem muito cuidado para não fazer com que se sinta mal, quando, na realidade, um adulto está muito mais preparado para compreender a irritação ou a raiva de outro adulto. O pediatra espanhol Carlos González, em seu já mencionado livro *Bésame mucho*, dá vários bons exemplos sobre esse problema. Há que explicar as coisas às crianças, falar com elas, ter mais paciência, ser mais seus cúmplices, dar-lhes mais tempo se necessitarem, deixar chegarem um pouco mais tarde. Chegar um pouco mais tarde não é o fim do mundo. Tantas pessoas, tantas vezes, chegam tarde porque têm que cumprir rituais próprios – e os respeitam religiosamente –, então por que não aceitar que as crianças precisem de mais tempo para aprender e entender algumas coisas?

Provavelmente as crianças, criadas seguindo o estilo que estamos propondo, sejam chamativas, bastante diferentes, certamente façam barulho, sejam exigentes, gerem desafios. Para muitos, podem ser crianças malcriadas. Onde se vê má-criação, em geral se trata exatamente do contrário. Pegá-las no colo, proporcionar-lhes proximidade com os pais para dormir, oferecer o peito à vontade, deixá-las que comam quando têm fome, que chorem se precisarem, que os pais se acomodem e se entusiasmem com a vida nova que os filhos lhes trazem, é criá-los *bem*. Não vale o esforço de tentar formar filhos desse modo e experimentar as mudanças sociais que isso pode trazer? Imagino uma sociedade mais amorosa, mais feliz, mais conectada, mais produtiva, mais eficiente, mais tranqüila, mais hábil para superar as dificuldades inerentes à natureza do viver, mais apta para transitar os conflitos interpessoais. Sinto-o assim e fico muito entusiasmada, me dá vontade de investir meu amor e minha energia nisso, o que não descarta o fato de que é uma empreitada muito exigente.

4 Alejandro

Vamos ver se podemos encontrar a relação do que você expõe no capítulo anterior com o tema da criação atéia. Acredito que, mais que procurar provar a ausência de deus em todas as partes e em todos os temas, como se fôssemos crentes ao inverso, podemos nos situar em relação ao que acontece quando nos tornamos pais, colocando em questão as autoridades pertinentes. Mais que pais ateus, seríamos – ou tentaríamos ser – pais livres, liberais, libertários. Ou, claro, assim como nós o pensamos e sentimos, simplesmente pais. Pode-se ser pai "simplesmente"? Parece-me que a palavra "simplicidade" não cabe, não encaixa, porque ser pai é uma bagunça, um terremoto vital, e, por mais que – desnecessário dizê-lo – haja muitos momentos geniais (e, em geral, se trata de uma experiência positiva), o certo é que para todo mundo, juntamente com o filho, chega a reestruturação mais completa que irá viver em sua história ou, ao menos, uma das mais completas.

Ser pai é se adequar a esse terremoto, ser capaz de desordenar sua vida, de reordená-la, e, assim como as crianças necessitam de um grande espaço de expressão – que é o que você defende no capítulo anterior –, os pais, também, temos que nos adequar aos movimentos sísmicos que acontecem em nós. Isso, acho, é também um signo de ateísmo, porque no contexto das crenças religiosas não há possibilidade de se desviar muito, ou, se assim acontece, sabe-se que há um lugar para cada coisa e esse lugar deve ser respeitado, que devemos voltar para ele. Sob a ótica religiosa, esse afastamento da norma costuma ser considerado um desvio indevido para o pecado ou para o mal.

Viver sem reconhecer uma autoridade indiscutível em nenhum plano, ou viver dialogando com as autoridades e não obedecendo a elas, porque acreditamos ser nós mesmos a principal autoridade da própria vida, é uma vida atéia, ou melhor, uma vida que não cabe na religiosidade (pelo menos, na religiosidade extrema), porque essa posição de ser aquele que vai experimentando como são as coisas para formar seu estilo e seu saber a partir da experiência se torna um pouco arrogante ou – para dizê-lo com a palavra que mais se usa na orientação moral religiosa – egoísta.

Então, mais que negar a deus, o que estamos procurando é um modo de viver no qual possamos ir além das ordens que nos fecham a possibilidade de que a experiência seja precisamente isso, uma experiência, um ir vendo para ver como vamos. É verdade que na mentalidade tradicionalista (que é outro modo de aludir ao traço da religiosidade, que nos parece menos valioso) essa possibilidade está vedada ou limitada: o valor não é sermos nós próprios, mas um exemplar do ser ideal, da pessoa mais moralmente correta. Não se vê também, por acaso, nos tantos lugares-comuns do pensamento queixoso e paranóico convencional, uma posição similar, onde mais importante é deixar claro que somos bons do que de viver a própria vida?

Voltas e voltas, e cheguei, finalmente, a um de meus temas preferidos: estou farto de que tantos vivam se fingindo de "bons". A que me refiro? A essa paixão por ter de se investir de moralidade diante de cada coisa e de cada questão. Trate-se da guerra no Iraque, da ecologia, até da forma como uma criança deve se comportar (você fala disso no capítulo anterior), vejo surgir uma necessidade imperiosa e constante de ser bom. É como se se estivesse todo o tempo sob suspeita. O paradoxo é que aqueles que mais se fazem de bons são, na realidade, os menos bons. Se formos uma pessoa normal, somos, na realidade, uma pessoa bastante boa, tranqüila, com nossas idas e vindas, nossas coisas mais ou menos – na média, uma pessoa capaz de se desenvolver em sociedade e ajudar a quem tiver vontade de ajudar.

A educação religiosa é uma educação na qual a pessoa está sempre sob suspeita, em dívida, devendo provar que assimilou corretamente os princípios morais. Mas, nesse contexto, os princípios morais são mais uma representação do que uma realidade. Por isso se alude tanto à hipocrisia dos religiosos. Eu poria as coisas nestes termos: para essa hipocrisia há dois motivos. Um: a necessidade de destacar a própria bondade, quando sabemos que, dentro da realidade e da sanidade, ninguém é bom o tempo todo, ninguém olha as coisas sempre a partir do bem puro. Em certo sentido, é sadio desejar coisas feias às pessoas, é normal, implica reconhecer a autenticidade do ânimo, todos pensamos e sentimos essas coisas constantemente. Convém não pôr em prática muitas dessas emoções, mas aparentar que não as sentimos é diminuir a própria personalidade a um nível de falsidade, condenar-se à representação, fazer-se de bom o tempo todo. Dois: a adoção da inautenticidade como caminho de vida. Como os religiosos não estão educados na doutrina da autenticidade e do desejo (ao ter que escolher uma doutrina, eu escolho esta, que é liberal, quase não doutrinária, diríamos, porque é um compromisso com a verdade subjetiva), não conseguem juntar seu interior com seu exterior, o que sentem com o que mostram, pois, se assim o fizessem, cairiam em posições e atitudes reprováveis – para começar, para si mesmos. Esse seria o fundo geral de toda hipocrisia, a idéia de que na vida devemos agir tendo escolhido racionalmente a ação, desconhecendo a verdade mais geral de que somos seres de carne e desejo, em que o bem só pode surgir, verdadeiramente, do reconhecimento da realidade interna própria.

Talvez mais que ateus somos partidários da autenticidade e sentimos que a religião é um molde demasiado pequeno para que a autenticidade caiba nele. Além disso, autenticidade e desejo seguem juntos, e alguém muito religioso não pode sentir a maior parte dos desejos normais: o desejo sexual, a ambição, a busca do prazer e da satisfação pessoal, a descontração, a despreocupação etc. Não estou dizendo que alguém religioso não pode sair de férias e aproveitá-las, claro que pode, mas acredito que esses aspectos da religião são sempre bastante perceptíveis na formação e na criação das famílias que estão muito perto de deus. Se você estiver muito perto de deus, estará longe de você mesmo, e, se estiver longe de você mesmo, também estará longe de seus filhos.

Preocupa-me o fato de que, ao dizer estas coisas, pareçamos meio animalescos aos olhos de muita gente, quando, na realidade, admiramos a capacidade de viver de nossos amigos religiosos. Tenho que lembrar a mim mesmo o que dissemos no prólogo: a diferença respeitada é a diferença expressada. Não se trata de, por respeito, se abster de dizer e pensar o que está em nós. Trata-se de dizê-lo sem deixar que isso nos separe ou nos distancie, quando não é motivo para que tal coisa aconteça. Tudo isso me faz lembrar de algo que costumo usar como exemplo quando tenho que dar conta da evolução política argentina diante de pessoas que, geralmente, duvidam que se possa falar de algo assim. Tempos atrás, na geração que nos precede, uma diferença política determinava a impossibilidade do intercâmbio amistoso. Política ou ideológica, isso acontecia muito também em ambientes *psi*, por exemplo, onde alguém deixava de falar com o outro porque o outro era lacaniano e ele não. Hoje em dia, me parece que a política e a ideologia são termos menos passionais e se admite a diferença com mais tranqüilidade. Essa perda de intensidade, que muitos consideram um desapaixonamento negativo, parece-me que é maturidade ganha para o diálogo social no qual se costumam expressar e se devem expressar as posições mais diversas. Aliás, se as religiões estão convergindo umas para as outras, nós não podemos convergir dizendo nossas verdades anti-religiosas? Sempre penso na cena de um churrasco: você comeria um churrasco com essas pessoas que vêem o mundo de uma forma tão diferente da sua? Eu comeria um churrasco com qualquer um, de preferência escolhendo aqueles que não me entediam. Com qualquer um não – com assassinos, eu não gostaria.

Por outro lado, e já que estamos nesse assunto: adoro a arte religiosa. Você já sabe disso, mas, por causa de sua história pessoal, você não consegue apreciar totalmente a pintura medieval, porque a faz se lembrar do ambiente opressivo das igrejas de sua infância. Como a mim não me lembra nada, adoro esses rostos, essas figuras douradas. Vivemos a mesma diferença com a música: posso desfrutar de oratórios que a entristecem ou desagradam, porque não os ligo com nenhuma vivência. E, sim, há um modo de desfrutar da grandiosidade de Bach, por exemplo, sem sentir um amor por deus equivalente ao que ele deve ter sentido ao escrever suas missas. Deve-se levar em conta que, numa época tão religiosa, as diferenças e os sentidos deviam se basear de outro modo. Mas não me parece que tenhamos que nos intrometer nisso; mais que fazer história superficial, temos que tratar de entender fenômenos que nos cercam hoje, sentidos que nos envolvem no mundo atual.

5 Ximena

A sexualidade na criação

Nós dois estamos preocupados em não parecer animais aos olhos de muita gente, e é compreensível, pois neste livro estamos expressando idéias fortes que vão contra um olhar muito comum e difundido sobre o ateísmo. Ilustra-o bem o comentário do Pelé (nosso *barman* favorito), quando lhe contamos sobre o tema no qual estávamos trabalhando, enquanto tomávamos suas deliciosas *margaritas*: ele nos disse que os ateus são vistos como inimigos do mundo. Além disso, estamos nos mostrando absolutamente autênticos, e a autenticidade sempre nos deixa expostos e vulneráveis. Tudo bem, vamos em frente.

Está muito claro que ser ateus, ou não ser religiosos, nos libera para pensar, sentir e dizer coisas interessantes, coisas que, inclusive, podem servir àqueles que, ainda que não se considerem ateus, também queiram rever e questionar algumas de suas posições existenciais, suas formas de viver e de criar filhos. Quando pensamos a quem iria interessar este livro, consideramos que podia servir a qualquer tipo de pais – àqueles que não acreditam em deus e estão convencidos a criar seus filhos livremente; a pais que dizem que acreditam, mas não estão muito seguros; a pais que não se sentem ateus, mas vivem como se fossem; àqueles que acreditam, mas sentem que a religião está fora de moda ou desatualizada; a pais que mantêm as tradições, mas percebem que faz falta renovar os estilos de criação... Assim sendo, prossigamos.

Há um tema fundamental que temos de abordar: como administrar a sexualidade de nossos filhos? Desde bebês as crianças se exploram e se excitam, tocando suas partes sexuais, e seguem fazendo-o durante toda a vida. Há mães e pais que o notam antes que outros. É muito freqüente, ao trocar a fralda de um menininho, ver seu pintinho ereto. Entrar em contato com a sexualidade de nossos filhos nos mobiliza muito, nos questiona, nos conecta de novo com nossas próprias histórias, nossas primeiras experiências, com o tratamento que é dado a essas coisas, as sensações que tivemos, como o vivemos etc. Em geral, a questão aparece quando vemos crianças de três ou quatro anos tocando a genitália, deliciadas e sem nenhum pudor. Algumas pessoas já se sentem mais prevenidas que isso ocorra e estão mais ou menos preparadas; outras se surpreendem e se confrontam com aspectos muito pouco resolvidos de si próprias. Em geral, aos pais, isso nos impacta, nos emociona, não sabemos muito bem o que fazer, o que dizer ao falar com eles, ficamos com uma certa vergonha.

Pensar em como ajudar nossos filhos para que a sexualidade esteja ligada ao prazer, ao desfrute, à diversão, ao amor e a todas as sensações lindas da vida é uma proposta absolutamente atéia. Todos os pais que, como nós, sentem que viver a sexualidade na sua plenitude é um aspecto central no desdobramento da personalidade, querem ajudar os filhos a se encontrar da melhor maneira possível com essa dimensão da vida. Nosso trabalho será, então, procurar formas de acompanhá-los para que sintam esse desenvolvimento como algo natural, bom, interessante e enriquecedor. É óbvio que nesse caminho haverá conflitos, temores, incertezas, porém, nossa conquista será não ficarmos ancorados nesse aspecto da sexualidade, senão fazer o contrário: transcendê-lo.

Quer dizer, ter clareza e convicção no desejo de criar filhos que possam viver a sexualidade com tranqüilidade e plenitude.

Querer isso implica nos reformular, desde a alimentação que lhes damos, do lugar que ocupa a atividade física em nossas vidas, o cuidado com nossos corpos, o que lhes mostramos com nosso exemplo, até os comentários que fazemos a respeito. Há muito que pensar e rever. Certa noite, quando estávamos saindo, Andrés ficou manhoso e nos pediu que não fôssemos. Eu lhe disse que as mães e os pais precisavam ficar sozinhos para falar de suas coisas, para se abraçar e se beijar, e você gostou dessa explicação que eu dei a ele. Em geral, os pais não manifestam seu desejo e seu prazer de ficarem juntos, sozinhos, como se isso fosse errado, ou não fosse bom transmiti-lo aos filhos. É óbvio que não vamos lhes fazer uma explicitação de nossa sexualidade, mas devemos lhes habilitar o contato com o prazer e a sensualidade. Por que está certo lhes dizer que vamos jantar sozinhos, mas evitamos aproximá-los da idéia de que também vamos nos acariciar, nos abraçar e nos beijar? É óbvio que haverá de se buscar a maneira de tratar essas coisas, de acordo com a idade das crianças. Certamente, para aquelas crianças que viram e sentiram isso a partir de seus pais vai ser mais fácil desfrutar das sensações corporais do que para aquelas que não o viveram tão naturalmente.

Cito uns parágrafos, muito iluminadores, do livro *Mi niño lo entiende todo* [Meu menino entende tudo], de Aletha Solter, sobre esses aspectos:

A melhor forma de dar informação a uma criança sobre sexualidade e reprodução é simplesmente responder suas perguntas. Antes de responder uma pergunta, você pode averiguar quanto seu filho sabe sobre ela, para começar de um ponto razoável.

Quando uma criança formula uma pergunta, o melhor é se limitar a responder de forma concreta, sem oferecer mais informação que a requerida.

Também fala dos jogos sexuais, dizendo que são expressão da necessidade e do desejo natural que as crianças têm de inspecionar, examinar, de adquirir informação e conhecimento sobre as diferenças sexuais:

> O sexo é uma fonte de transtorno em numerosos lares, e esses sentimentos de vergonha vão passando de geração em geração. As crianças captam o fato de que os órgãos sexuais são um tabu nas conversas. Sentem uma grande necessidade de liberar esse desconforto e ansiedade mediante o mecanismo do riso, grande liberatório de tensões. É por isso que as crianças riem tanto quando brincam nuas juntas.

Penso que é possível uma criação na qual a sexualidade seja vivida naturalmente, e que isso seja um alívio para as crianças em suas primeiras experiências. Não me refiro só à iniciação sexual com outros, mas também às primeiras vivências autoeróticas. É muito comum escutar pais e mães dizerem aos filhos coisas tão feias como "Não toque no pintinho" (acompanhado de um tapinha na mão) ou a mentira "Você pode se machucar se mexer aí embaixo" (às meninas). Se tivermos consciência do alcance que podem tomar essas formas de tratar temas tão delicados como esses, poderemos ajudar muitíssimo nossos filhos a crescerem sadios e felizes. Eles merecem todo respeito de que somos capazes, e nós temos que estar empenhados em dar esse respeito, porque somos os pais, os primeiros responsáveis por transmitir a valorização de si mesmo e a autoconfiança. Transcrevo aqui outra citação do mesmo livro, que pode ser útil para elaborar o tema da sexualidade das crianças:

> Muitas crianças se masturbam e antes de chegar à puberdade algumas descobrem, inclusive, como ter um orgasmo. Não obstante, esse tipo de atividade sexual é de tipo pessoal e individual, com o mero objetivo de alcançar uma sensação física prazerosa. As crianças se masturbam sem saber que isso tem algo a ver com o ato sexual, com a reprodução ou com o "apaixonar-se". Pode ser um ato prazeroso, totalmente dissociado de qualquer sentimento de união ou desejo por outra pessoa.

6 Alejandro

A vergonha passa de geração em geração. Surge do que é comentado pela Aletha Solter e que você acabou de citar. É assim mesmo e tem um peso, uma carga lamentável. De toda maneira, também acredito que há de se levar em conta uma coisa: certo grau de vergonha tem um sentido positivo. Digo isso porque, em meus tempos de *hippie*, eu pensava que todo pudor era burguês, quer dizer, supérfluo e pouco respeitável. Eu pensava isso, pregava esse valor, mas nunca fui capaz de concretizá-lo totalmente, de me despojar de toda vergonha. Na verdade, nem tentei assim com tanto empenho – sempre fui bastante envergonhado e tímido, e só com o tempo fui melhorando um pouco. Com o tempo, também entendi que a vergonha era algo mais que um traço secundário e negativo, e percebi seu aspecto estrutural, poderíamos dizer, seu lado necessário. Não me parece que tenhamos que fomentá-la - na realidade, estamos, talvez, como cultura, um pouco fartos de vergonha -, mas, em todo caso, não se trata de assumir uma posição simplista, de mero combate frontal. Acredito que entender isso tem a ver com o sentido da intimidade, que não é por falta de liberdade que certas coisas extremamente pessoais são vividas em certos âmbitos privados. Não é que não saiamos nus à rua porque sejamos uns idiotas, que nos dias de calor padeçamos demais por estar atados a convenções antinaturais. Não saímos à rua nus porque não queremos ser visíveis ao olhar de qualquer um, porque o mais próprio e pessoal pertence a um espaço especial.

Por outro lado, claro, parece-me que está a questão sexual, quer dizer, uma coisa é ter vergonha de dizer o que se pensa sobre um filme numa reunião de pessoas a quem respeitamos muito ou admiramos, e outra é sentir vergonha em relação às partes sexuais ou sua atividade erótica. É neste último caso, creio, que se deve aceitar certa prudência. De fato, a atividade sexual se reserva para a intimidade. Claro que, nesse terreno, vivemos uma época muito mais liberal, e acredito que essa liberdade é um passo de desenvolvimento positivo, mas, de qualquer forma, não parece possível chegar à perda total de todo o pudor. Entendi isso lendo Georges Bataille, que, em seu livro *El erotismo* [O erotismo], explica que interdição (ou seja, proibição) e transgressão formam um par dinâmico, que regula o movimento do desejo. Acontece em todos os campos, não somente no sexual – também no trabalho, por exemplo, há um tempo para a submissão à norma e outro para a diversão.

Em que sentido a vergonha é boa? Funciona como protetora de sentidos íntimos, de intensidades que não devem ser submetidas a uma exposição absoluta. Permite delimitar âmbitos. Em relação aos filhos, é bom ver que os sentimentos sexuais afloram naturalmente, mas somos representantes da cultura, agentes autorizados de uma sociedade na qual devemos introduzi-los de maneira sadia e feliz. Mais que questionar o tema num nível abstrato, como se fôssemos seres sem determinações, e nos perguntar, então, sobre "o ser humano", me parece bom abordar os casos mais pontuais e entender as determinações como partes fundamentais de nossa experiência. As determinações (quer dizer, que sejamos de um sexo e não de outro, que tenhamos nascido em tal ou qual país, que tenhamos certas características pessoais) não são limitações à liberdade, mas são, preferentemente, sua expressão. Liberdade não é não ter forma, mas poder empregar a forma própria com desenvoltura e fluidez, procurando a concretização dos próprios desejos.

Em todo caso, com relação ao nosso tema, é evidente que as religiões que conhecemos em nossa sociedade têm uma visão restrita do fenômeno sexual, encerram-no na necessidade da reprodução. Sempre me pareceu insano que se acredite que educação sexual seja falar de doenças e anticoncepcionais. Educar é ressaltar os perigos? Com relação aos anticoncepcionais, concordo, é informação necessária, mas acredito que o principal seria pensar na sexualidade como um campo de satisfação e felicidade, e não como um perigo, ou como algo que devemos manter dentro de limites restritos. É necessário ficar tão sisudo para dar educação sexual? Não se transmite, assim, mais uma sensação de medo que de legitimidade da exploração de nossos sentidos e emoções?

É certo que provoca, a todos os pais, um certo desconforto ou, pelo menos, desperta perguntas ver as crianças se tocando como se não estivesse acontecendo nada, mas, talvez, a diferença esteja em que não devamos lhes dizer "Não toque aí porque faz mal", mas, sim, procurar dizer algo como: "Viu como é bonito tocar o pintinho?". (Aliás, melhor a palavra "pintinho" do que dizer "aí", como se fosse um lugar indeterminado ou não devesse sequer ser mencionado.) O passo seguinte seria propor uma certa noção de intimidade: "Em geral, a gente costuma se tocar quando está sozinho", ou "É melhor fazê-lo sozinho", sem entrar em detalhes do tipo – como também explica Bataille, lucidamente – que a atividade sexual desperta rejeição ou excitação em quem a contempla. Quando se vê um casal em ação, não dá para permanecer indiferente: ou se quer deixar de olhar, ou se olha mais, porque se compartilha o ardor e se procura participar. Algo parecido acontece com o humor, diz Bataille, e com outras formas de comportamento que tendem a apagar as distâncias entre as pessoas. Isso é o erotismo para o autor, a experiência de uma continuidade entre os seres que geralmente encontram-se isolados, e há três tipos: o erotismo dos corpos (o sexo), o erotismo dos corações (o amor) e o erotismo sagrado – a religião ou alguns outros tipos de sentimentos de unidade, que podem ser tanto a vivência da massa, política ou futebolística, como estados místicos de reconhecimento do conjunto da natureza como movimento geral. Ou seja, desse ponto de vista, a religião mostra um valor que não tem nada de ultraterreno, mas que provém do efeito bastante concreto de permitir a cada ser experimentar a continuidade geral do ser. Essa versão da religião é familiar àquela de Nietzsche, que não critica tanto a existência de deuses, mas, sim, o fato de que no "monotonoteísmo", como ele se refere jocosamente ao judeo-cristianismo, as figuras divinas são contrárias à vida (à sexualidade, à natureza, à afirmação e à força). Em contraposição, segundo seu enfoque, a mitologia grega oferece um conjunto de figuras divinas de efeito exaltador e vital, no qual deuses e deusas vivem aventuras de todo tipo, copulam com homens, mulheres e animais, geram seres diversos e oferecem uma festa de vitalidade que permite, ao indivíduo que as observa, uma experiência valiosa e estimulante. Muito diferente daquilo que o crucificado suscita: culpa, negação da vida, valorização da morte, uma moral antinatural que produz efeitos negativos nos seres que a adotam. Um mundo de debilidade e falta de amor, por mais que o conceito de "amor" seja central nele. Que amor é esse que se constrói denegrindo a existência e a natureza?

No livro *El proceso de convertirse en persona* [O processo de converter-se em pessoa], de Carl Rogers, encontrei uma reflexão simples, mas muito ligada com o que estamos discutindo nestes últimos capítulos. Cito:

> Um dos conceitos mais revolucionários que se sobressaem em nossa experiência clínica é o reconhecimento crescente de que a essência mais íntima da natureza humana, os estratos mais profundos de sua personalidade, a base de sua natureza animal são positivos, quer dizer, basicamente socializados, orientados para o progresso, racionais e realistas.

Continua: "A religião, em particular a protestante, incorporou à nossa cultura o conceito de que o homem é basicamente um pecador". A religião protestante? Suponho que ele esteja falando daquilo que conhece, que é, precisamente, o que nós conhecemos menos. Mas o ponto me parece importante porque destaca, com total clareza, o que está por trás da atitude de que não gostamos na religião e sobre a qual nos parece um despropósito basear a criação e a educação: a sensação de que o homem é mau e que sua natureza animal (porque o homem é um animal como qualquer outro, embora especial em seus atributos, raro, mas não deixa de ser um animal) é fonte de perigo e origem do mal, devendo ser controlada, combatida, negada, submetida. O que aparece na experiência terapêutica, diz Rogers, ao indagar sobre a profundidade das personalidades, é justo o contrário. Poderíamos, também, formulá-lo assim, mais ao estilo nietzscheano: a religião nega o valor da realidade, tira-lhe sentido, demoniza o mundo descrevendo-o miseravelmente (todos somos pecadores, egoístas e maus na essência, a realidade está fora de controle, é um mundo de dor, sofrimento e degradação). Ou seja, a principal crítica à religião e a seus efeitos não é tanto a crença em realidades que não o são (o que já é bastante ruim), como diria Nietzsche, mas o fato de provocar um efeito depressivo, de desconsolo, de tristeza, além de fomentar a idéia de que essas emoções pobres são verdadeiras e boas.

7 Ximena

É interessante o título do livro do Carl Rogers que você cita: *El proceso de convertirse en persona*. Dá a idéia de que um ser humano vai se construindo e alcança a forma de pessoa como resultado de um processo. Não sei se é o que Rogers quer dizer, mas nos é útil pensá-lo assim para trabalhar certos temas associados à criação dos filhos. Que somos animais é evidente quando temos em nossas mãos um bebê para cuidar e ajudar a crescer; *pessoa* é o nome que damos ao resultado desse ser, que, à medida que vai se desenvolvendo, adquire linguagem, normas, aprendizados e convenções, o que nos torna animais especiais.

Quando você tem um filhinho para criar, não podem restar dúvidas a respeito de nossa natureza animal. Os bebês são como macaquinhos que se penduram nos pêlos de seus pais; os nenês de dois, três e quatro anos são selvagens que, às vezes, sentimos que temos de domesticar. O esforço é fazê-lo num contexto no qual prevaleçam, basicamente, o amor e o respeito. No decorrer da criação, surgem muitas situações nas quais parece que os métodos de ensino, ao estilo da domesticação, podem gerar bons resultados porque resultam eficientes. Certamente é mais complexo encontrar estilos mais amorosos e respeitosos para lhes ensinar tudo o que têm de aprender para viver em sociedade. O que se deve ter em mente é que é muito alto o preço psíquico e afetivo pago pelas crianças criadas sob normas de educação apoiadas nos métodos de estímulo-resposta, no ato reflexo – refiro-me a penitências, prêmios e castigos. O problema é que este é o que mais conhecemos, o que temos mais à mão na hora de resolver situações extremas, como aquelas que os filhinhos apresentam conforme vão crescendo.

Volto a citar Aletha Solter e seu livro *Mi niño lo entiende todo*, porque esse é um dos temas que ela trabalha muito bem. Diz:

> Se fôssemos capazes de satisfazer todas as necessidades de amor, compreensão, estímulo, proximidade física e sustento do bebê, e se o tratássemos com o maior respeito e confiança, poderíamos ver que não se torna um monstro egoísta e destrutivo, mas sim um adulto responsável, inteligente, colaborador e amoroso.

Seu enfoque é muito interessante, porque inverte a fórmula do sentido comum, que, em geral, considera que as crianças que são muito bem tratadas e recebem muita atenção se transformam em pessoas mal-educadas e mesquinhas, quando, na realidade, ocorre justamente o contrário. É a mesma idéia que está na base daquilo que Donald Winnicott trabalha em sua concepção da "tendência anti-social": a criança que sofreu privações vai ser um adulto socialmente conflituoso, porque vai pedir e procurar, de formas inadequadas, amor, apoio, contenção, cuidados, nos lugares e nas pessoas a quem não cabe lhes dar isso. Solter diz: "Uma conduta inaceitável numa criança costuma encobrir freqüentemente uma demanda de ajuda". Também ela, assim como Rogers, tem um olhar positivo do ser humano e, a partir daí, faz essas considerações. Continuo citando-a, porque Aletha o diz muito bem:

> Nosso papel, como pais, não é adestrar nossos filhos como se fossem animais de circo, mas tratá-los com respeito e integridade para que floresça sua habilidade natural de pensar bem e de ser seus próprios guias.

Nós, como pais, devemos educá-los para que sejam pessoas de bem, felizes, adaptadas à sociedade na qual lhes cabe viver, produtivas, sadias e capazes de todas as melhores coisas que lhes desejamos, e que, esperamos, nossos filhos sejam capazes de desejar também. Mas não nos esqueçamos de que a tarefa deles é igualmente árdua: têm de descobrir o mundo, conquistar autonomia, tolerar que sejam dependentes de nós, mas, também, animar-se a sentir que podem, sem nós, afirmar sua identidade, reconhecer seus gostos, desejos e valores, ser eles mesmos, escolher tudo aquilo que na vida há que escolher para viver plenamente. Nós, adultos, parecemos ter esquecido tudo o que nos acontecia quando éramos crianças, diante dos desafios ou diante desses tratamentos injustos que às vezes recebíamos. Um amigo nosso contou que, quando criança, pensava: "os adultos não se dão conta de que eu entendo tudo", tentando descrever a sensação de que ser criança não é ter os sentidos anulados, muito pelo contrário. Temos que estar mais atentos ao mundo interno das crianças e, para isso, é fundamental que sejamos adultos conectados com nossa intimidade, com nossos desejos, com os valores que queremos lhes transmitir. Não podemos esperar que sejam felizes, sensíveis e amorosos se pretendemos criá-los sem nos empenhar nesses aspectos deles. Esses são valores que se incorporam e que se ensinam com métodos bem diferentes dos tradicionais: para diferentes valores correspondem também diferentes métodos de comunicação.

Vale a pena tentar desarraigar, ainda que um pouco, esse conceito do qual fala Rogers (usando sua citação), de que o homem é basicamente um pecador. Ele o atribui sobretudo ao protestantismo, mas acredito que está na base de todas as religiões que expressam a idéia de um deus que rege a ordem dos homens no mundo. Estou convencida de que, com um maior compromisso afetivo dos pais na criação, cuidando da intimidade e do contato com os filhos, essas posições tão desencantadas da vida vão mudar. Crianças bem-amadas, que se sentem valiosas, que aprenderam a estar em contato com suas emoções, a escolher, a pensar, a saber que o que lhes acontece merece ser levado em conta, serão crianças que poderão confiar, que saberão enfrentar e superar conflitos, que valorizarão a vida presente, que não renegarão o mundo no qual lhes coube viver, que não terão que pedir ajuda a deus, porque não há do que se salvar – pelo contrário, há muito por fazer, por viver, por desfrutar, por sentir.

Meu desejo, como mãe desta época, é que sejamos uma geração de pais que consiga desativar, como métodos básicos de criação, o uso de castigos e penitências (herança direta das religiões), que geram altos níveis de culpa e mal-estar, difíceis de erradicar na vida adulta. Verônica, uma paciente com quem comentamos o tema deste livro, pessoa extremamente observadora e sutil, disse-me que os católicos são medrosos e os judeus são culposos, ou seja, que os católicos não chegam a fazer aquilo que acreditam que não devem porque têm medo, e que os judeus o fazem, mas vivem permanentemente com culpa. Pareceu-me muito boa a observação, que apóia essa sensação de que a posição existencial dessas religiões é, basicamente, de inadequação com a natureza humana.

8 Alejandro

Causou-me impacto a frase com a qual você fecha o capítulo anterior: "A posição existencial dessas religiões é, basicamente, de inadequação com a natureza humana". É verdade, já dissemos isso: essa posição existencial não é considerada boa para a natureza humana, ou seja, para a natureza, da qual fazemos parte como qualquer outro animal, e se gera uma forma de vida incapaz de estar à altura de si mesma. A vida religiosa, antinatural, é uma vida fastidiosa, e, por melhores que sejam as intenções para descrevê-la como algo positivo, sabemos que na realidade ela produz outro tipo de efeitos.

Mas também me parece que o próprio senso comum, nossa maneira compartilhada de compreender o básico da existência, embora não se formule como um olhar religioso, padece do mesmo defeito. O olhar convencional, com relação ao conjunto de problemas das sociedades, tanto quanto da vida individual, supõe que "essas coisas" (a balbúrdia que é viver, de serem muitos que vivem juntos e devem se entender, ou de ser uma pessoa, ser um processo interminável de crescer e mudar) não deveriam acontecer; com esse olhar se tira verdade e sentido de tudo o que é real, enfoca-se o real num plano de negatividade. Como é o mundo? Mau, irrecuperável, as sociedades são doentes, o ser humano é um ser decaído que poderia ser perfeito, mas é o que é etc. Que visão pobre, que visão inadequada, carente, pequena. Mas é a que se sustenta, socialmente, como o olhar correto – essa visão pouco realista e infantil é a visão convencional.

A outra opção parece maldita. Por acaso, o mundo está bem como está? E, embora pareça maldita, há que responder plenamente e com grandeza: sim, está bem, está excelente e perfeitamente bem, porque a vida é isto, esta confusão transbordante de formas. Realismo é saber ver que não existe a forma perfeita para a natureza nem para a natureza humana, ou que a perfeição não tem o equilíbrio e a moderação que gostaríamos que tivesse, que a perfeição é esse processo de desgaste e geração constante de realidades. Sim, pode-se intervir, dar forma, criar melhores opções sociais, fazer com que um país deixe de ser pobre, conseguir que uma criança seja criada com amor e aprovação – e não, como você bem explica, com disciplinas eficientes, mas fundamentalmente empobrecedoras, que ceifam a personalidade e os aspectos criativos e sensíveis vividos no processo de ser uma pessoa. Mas não se consegue fazer nada disso partindo de uma imagem negativa da realidade, sem entender que o que ocorre não acontece por maldade ou por defeito, mas, muito pelo contrário, por esta vida ser uma vida plena e múltipla. O conflito é a forma básica da vida, não um desvio pernicioso. O bem e o mal estão misturados, são pontos cardeais que, em conjunto, permitem uma orientação. As religiões, o senso comum, entendem as coisas como um cirurgião: com vontade de extirpar o problema, vontade de arrancar, para sempre, o mal do mundo e conseguir que esta terra seja um céu, ou – o que é igual – ver essa empreitada como algo impossível, promovendo então a tristeza, o desencanto, a pobreza, o padecimento, o sofrimento, como verdade da existência. Hoje sabemos olhar mais de frente a realidade, sabemos que a racionalidade é uma ajuda para muitas coisas, porém não pode ser jamais instituída como a ordem básica da existência. A vida não é totalmente racional, não pode sê-lo; a vida é transbordamento e organicidade, conflito, luta, busca, invenção, e não moderação, cálculo, boas intenções e limites.

Outra coisa que seu capítulo anterior me fez pensar, e que eu vinha, de algum modo, sentindo ao observar nossos filhos crescerem, é que as crianças absorvem a cultura de maneira perfeita e imperceptível. Ajustam-se a ela sem esforço. São, sim, animaizinhos, mas animaizinhos capazes de entender muito rápido as exigências que nos estruturam: linguagem, controle do esfíncter, maneiras, humor... não é incrível que uma criança possa, desde tão pequena, ter senso de humor, fazer piadas, brincar? Sempre me maravilhou esse ponto em especial, porque o senso de humor me parece supor uma grande capacidade de compreensão, e não imaginava que pudesse surgir tão cedo. Na realidade, até ter o Andrés, eu não sabia nada sobre o que era uma criança, nem sobre certas formas do amor, sobre a impressionante evolução de um corpo humano.

O que eu não gosto é da tendência de dar a esse processo de absorção cultural, ou de inserir-se numa cultura, uma característica negativa, ou como se se tratasse de um sistema "desumanizante", daninho, com o qual se represa ou se limita a pureza de uma vida espontânea e maravilhosa. Não sinto que a sociedade seja daninha, muito pelo contrário: acredito que o universo cultural humano abre o caminho para incríveis possibilidades de desenvolvimento dos indivíduos que começam a se formar. E não se diga que "não para todos", porque me refiro ao conjunto da vida social e a uma dimensão na qual, além das diferenças entre pobres e ricos, todos desfrutamos de uma linguagem complexa e sutilíssima, da eletricidade e de recursos de saúde pública que quase eliminaram a mortalidade infantil, ou que conseguem que a expectativa de vida, até em países pobres como o nosso, a Argentina, seja elevadíssima. Ou simplesmente vamos concordar com essa ridícula tendência à idealização de um passado que, se examinado de perto, nos salta aos olhos como uma época miserável, pobre, crua e muito menos perfeita que a nossa? Talvez seja a religião, essa incapacidade de viver e de pensar, que esteja por trás de toda essa negatividade que procuro descrever (e frear) neste capítulo: não se sabe pensar as coisas de frente, tudo é sempre pensado como expressão defeituosa da realidade, como prova da decadência ou da impureza humana ou histórica. E, parte dessa incapacidade de pensar, desse racionalismo enlouquecido, ocorre pela tentativa de marcar uma diferença inexistente entre natureza e cultura. Utilizam-se esses conceitos como se se tratasse de coisas diferentes, e, inclusive, em diversas discussões, tenta-se determinar o que em nós é cultural e o que é natural. Vejo para isso uma solução simples: a cultura é natureza humana, e não há nada nela que não seja natural, porque nunca houve nada nela que viesse de fora, nunca no planeta houve intervenção de algo que não fosse plena e totalmente natural. Inclusive a tendência, digamos, a imaginar seres inexistentes e superiores e a fazer a própria vida passar pela idealização empobrecedora dessas existências imaginárias: isso também é parte de nossa natureza e gera os problemas que gera. Então está certo que seja assim? É claro que sim. O que queremos com este livro, ou com a promoção de uma atitude capaz de se liberar dessas tradições empobrecedoras, é nos animar, e animar a outros que estão em situação semelhante, a dar o passo para superar a visão convencional e conquistar um caminho vital mais pleno.

Outra coisa: gosto da forma como você usa a idéia de "domesticação" para aludir a um tipo de criação calcado, poderíamos dizer, nos efeitos. "Comportar-se bem" é um objetivo confuso e até contraproducente, diríamos, se for baseado no avassalamento das emoções infantis (a esse respeito, gostaria que você contasse, no próximo capítulo, por que lhe desagradou tanto o método de *Duérmete niño* [Nana, nenê], que a mim a princípio não me pareceu tão ruim, até que você me explicou). O "comportar-se bem" é a construção de uma aparência, ao passo que podemos supor que, se tomássemos como objetivo o "estar bem", chegaríamos a resultados mais interessantes. Temos que evitar, de todas as maneiras, a ingenuidade de elaborar posições insustentáveis, como o que fazer quando a criança faz uma birra ou quando fica insuportável? Deixo isso para você responder.

Nietzsche usa a idéia de domesticação quando fala da influência do cristianismo na história humana. O cristianismo se especializa em debilitar o homem forte, em virar sua força contra ele mesmo, em "fazê-lo bom", ou seja, inofensivo, débil, doente. A idéia é que o cristianismo adoece as pessoas. Podemos também recordar que, para o senso comum, para o pensamento convencional no qual todos, de alguma forma, nos movemos, o abatido ou o triste é um ser que nos desperta simpatia e comiseração, ao passo que o forte ou o feliz desperta suspeitas e crítica. Não é a inversão de toda sensatez vital? Algumas pessoas se preocupam, depois, em como a felicidade lhes é inacessível, mas, antes, cultivamos morais de desesperança e tristeza.

9 Ximena

No capítulo anterior, você diz algo que é necessário aceitar para poder viver neste mundo de uma maneira plena: "O conflito é a forma básica da vida, não um desvio pernicioso". É fundamental tê-lo presente no período de criação. Criar filhos é, principalmente, enfrentar conflitos, superá-los com os melhores recursos possíveis, encarar as dificuldades que o crescimento das crianças traz em função das necessidades novas que vão surgindo sem parar. A criação é um processo de transformação e de mudança permanentes, e não só não haveria como ser uma experiência sem conflitos, como, também, se trataria, talvez mais, do encontro com eles. Entre mães, sempre se comenta que é preciso se atualizar o tempo todo, pois, quando algum método estava dando bons resultados, logo aparece uma nova situação difícil e há que inventar ou encontrar algo diferente para resolvê-la, até que algo ainda mais novo surja, e assim sucessivamente.

Você me pergunta: "Como agir quando a criança faz uma birra ou quando fica insuportável?". Claro que é difícil e feio ver nossos anjinhos fazendo as piores cenas, essas que antes de ter filhos presenciávamos achando que nunca ia nos acontecer algo assim. Não há uma resposta única e certa, não existem fórmulas mágicas. A primeira coisa é saber que faz parte do crescimento das crianças fazer birra, chorar, gritar, zangar-se, colocar à prova sua força e seu poder, fazer o necessário para superar os limites conhecidos. Em todo caso, deve-se avaliar em que grau tudo isso acontece e quando deixa de ser um conflito previsível num processo de criação. Estejamos atentos para detectar em qual medida essas situações são naturais, suportáveis, e quando se tornam condutas preocupantes. De qualquer modo, por mais que as birras e as condutas inaceitáveis façam parte do crescimento, não deixam de ser muito incômodas e difíceis de conduzir para os pais. Somos os encarregados de ensinar a nossos filhos como se comportar, o que está certo e o que está errado, o que se pode fazer e o que não vamos aceitar, até onde podem chegar e quando têm que parar. Pessoalmente, não acredito nos castigos, acredito na necessidade de procurar novas formas, acredito que é preciso ser criativo na arte de criar filhos. Não podem ser bons métodos de ensino as penitências que fazem com que se sintam muito mal, que os afastam de nós. Nós, adultos, temos que inventar estilos amorosos para educar nossos filhos. O amor ensina amor, e é de amor que os seres humanos mais necessitam para aprender a viver bem. Alcançar isso requer estar disposto a investir muita energia no processo de criação, pensar e querer compreender o que está acontecendo com as crianças quando choram, quando não conseguem parar com as manhas, quando têm condutas intoleráveis, por que precisam chegar a esses extremos, o que podemos fazer por eles, como podemos ajudá-los, o que necessitam de nós, nesses e em outros momentos. Temos de ser observadores e detectar quando essas condutas tomam maiores proporções, diante de quais circunstâncias, estando com quem, voltando ou indo para onde, quando estamos fazendo o quê. É um tema imenso, mas a chave está na sintonia emocional que consigamos ter com nossos filhos, e para isso é fundamental, repito, estar muito em contato com nossas crianças internas, para então poder entender e tolerar. Necessita-se tanta paciência, que, às vezes, parece impossível, e nos alteramos, gritamos, e depois nos sentimos muito mal e culpados. Sempre é possível repensar o que ocorreu, pôr em palavras o que sentimos, o que nos acontece, perceber como, ao nos zangar, às vezes nos custa conduzir a situação. Pedir perdão, lamentar sinceramente o acontecido é a melhor maneira de ensinar a perdoar. Não são muitos os pais que estão dispostos a se desculpar perante seus filhos pelas coisas de que não souberam cuidar, pelos excessos que às vezes se cometem na pressa do dia-a-dia.

Aletha Solter, em *Mi niño lo entiende todo*, descreve três razões possíveis para um comportamento inaceitável: "A criança está experimentando uma necessidade. A criança tem informação insuficiente. A criança abriga sentimentos dolorosos, contidos". É um livro que merece ser lido pelos pais que estejam interessados em questões relativas à criação – a autora as trabalha muito bem. Ela nomeia e explica "precauções para eliminar conflitos e ajudar a prevenir um comportamento inaceitável". Coloco-as em forma de lista e recomendo um aprofundamento nelas:

1. Ofereça intimidade suficiente e atenção individualizada.
2. Estimule seu filho a liberar seus sentimentos de forma regular.
3. Crie um entorno à prova de crianças.
4. Prepare seu filho para situações futuras.
5. Limite o uso de ordens.
6. Ofereça alternativas.

Na minha experiência pessoal, valem muito mais os abraços fortes e de acolhimento, a tolerância ao choro e às frustrações, as palavras firmes e respeitosas, do que gritos, aborrecimentos e ameaças. Não é fácil pôr tudo isso em prática nas situações extremas que às vezes enfrentamos com as crianças, mas, sim, vale a pena a tentativa, a convicção e a consciência de que essa forma de criar é a que nossos filhos merecem.

Mais uma citação de Solter a respeito:

> As crianças precisam expressar seus sentimentos para alguém que saiba escutar com paciência suas emoções, sem se zangar, nem se assustar. Às vezes, necessitam de alguém grande e forte, a quem possam empurrar e com quem possam lutar, que possa abraçá-las com firmeza e absorver sua raiva. Uma vez passada a tormenta da criança, os pais se encontrarão com uma pessoinha muito mais relaxada e liberada, mais amorosa e colaboradora, sem tendências destrutivas.

Para pensar e entrar no tema do sono das crianças, é válido seu interesse em comentar o livro *Nana, nenê*, já que esse livro é um exemplo perfeito de método de domesticação supereficiente para conseguir que uma criança não precise de seus pais à noite. O que não quer dizer que aprendam a dormir sozinhas. Experiências mostram que aquelas crianças que, estando sozinhas à noite, aprendem a não chamar seus pais, muitas vezes o fazem porque se resignaram – sabem que, mesmo que chorem, os pais não vêm. Não é positivo que um garotinho aprenda resignação, quando está em nossas mãos lhe ensinar a mesma coisa de outro modo. Sim, com certeza, outros métodos exigem dos pais mais noites sem dormir confortavelmente, ou que as crianças durmam na cama com eles.

Há crianças que dormem várias horas seguidas sem acordar, e não é necessário ver isso como um problema – são crianças que não se sentem inseguras sozinhas em seus berços, que aprendem mais rápido do que outras a pegar num sono mais profundo, crianças cujos organismos se adaptam com facilidade a dormir várias horas sem interrupção, sem necessidade de contato com outro humano. Mas em geral a maioria das crianças acorda muito à noite: o sono é um hábito a mais que têm que aprender, a atividade noturna até os cinco anos é muito intensa (esta última noção é do doutor Diego Faingold, o pediatra de nossos filhos: me fez muito bem quando ele me disse isso no momento adequado, e serviu para muitas mães a quem repassei), e até crianças que nunca deram trabalho na hora de dormir poderão, em algum momento de suas vidas, atravessar períodos de noites críticas. O sono é algo muito instável, mesmo para os adultos, que, às vezes por problemas mínimos, têm dificuldade para dormir, apesar de serem mais velhos, mais experientes, poderem refletir e saberem que, no outro dia, acordam e a vida continua. Quantos adultos não necessitam de medicamentos para dormir bem? Para as crianças, atravessar a noite pode significar um mergulho num estado de grande solidão, numa experiência que as conecta com estágios muito primários de seu ser. Elas não sabem o que vem depois de dormir, como é despertar (muitos bebês acordam chorando), não se localizam no ritmo do tempo cronológico até que fiquem bem maiores. Andrés tem quase quatro anos e, depois de uma sesta profunda, pergunta se já é de dia, acreditando que se passou uma noite inteira.

As crianças não têm por que aprender logo a dormir sozinhas; ao contrário, o que precisam é adquirir muita confiança no estado de sono. O prazer de dormir sozinho é algo que se adquire com a maturidade afetiva. Essa aquisição, imposta e precoce, é a culpada de que depois, quando adultos, muitos nos acostumemos a dormir às vezes até com quem não queremos, contanto que não tenhamos de dormir sozinhos.

Deixar uma criança chorando sozinha no quarto não pode trazer nada de bom como resultado. O fato de ela pegar no sono por puro cansaço, resignada, fatigada de tanto chorar, pode gerar um efeito desejado para pais esgotados, mas nunca será positivo um método que intensifique a angústia das crianças e a distância corporal em relação aos adultos encarregados.

As crianças precisam sentir a proximidade do corpo de seus pais para ficarem tranqüilas e a salvo nas noites difíceis, e, para a maioria das crianças, todas as noites costumam ser difíceis. Muitos dos que inventam métodos para fazer as crianças dormirem o mais rápido possível se perguntam por que elas costumam retardar o momento de ir para a cama, fazendo mil e um rodeios. Para as crianças é difícil dormir. Uma prova é a quantidade de recursos aos quais se apela às vezes para que os pequenos estendam um pouco o momento de sono: colocar-lhes um objeto da mãe, impregnado de seu odor; acomodar relógios marcando o "tiquetaque" sob o colchão do berço, representando o ritmo cardíaco das mães; colocar gravações com sons de arrulhos de mar (está comprovado que o som que os fetos escutam no útero materno é muito similar ao do mar); usar máquinas que balançam e que combinam vários desses efeitos. Para muitos, essa abordagem pode parecer exagerada, não me importa.

Outro dos argumentos para sustentar a posição que diz que as crianças necessitam aprender a dormir sozinhas o quanto antes possível é a preocupação com a intimidade dos pais. A verdade é que o bem-estar da sexualidade dos pais não depende de que as crianças durmam sozinhas. Na maioria dos casos, a rotina do casal é abalada com a chegada dos filhos, inclusive com filhos que dormem num quarto separado toda a noite. A sobrevivência do erotismo do casal depende de que os adultos saibam encontrar modos de ter intimidade, atualizados com as exigências da criação de filhos pequenos. É preciso entender a nova distribuição da energia, equilibrar e acomodar as quantidades surpreendentes de amor e de demandas que aparecem com os filhos, e isso é, em geral, algo que nos mobiliza demasiadamente a todos.

Estou convencida de que é necessário, positivo e importante se preparar para a chegada dos filhos, e, à medida que estes crescem e vão nos apresentando novos desafios, devemos refletir e estar em contato com tudo o que essa etapa existencial nos gera e remove de nossa própria história e criação. Não acredito que as criações criativas possam ser desenvolvidas simplesmente com intuição e boas intenções, por isso recomendo e promovo, de todo coração, os trabalhos de preparação para o nascimento, os grupos de reflexão de mães com bebês, as consultas de casais que se tornam pais, as oficinas de acompanhamento para a criação, os programas de televisão a cabo que mostram e estudam esses temas, os livros que tentam iluminar os pais que procuram um guia para essa tarefa enorme e fundamental que é criar nossos filhos. Esses recursos me foram de muita ajuda e melhoraram incrivelmente minha capacidade de lidar com os problemas próprios de ser mãe.

10 Alejandro

Sem nos portar como fanáticos com a idéia de uma criação atéia, o certo é que parece muito clara a quantidade de coisas úteis e valiosas que poderiam ser feitas com os recursos afetivos e mentais que as pessoas costumam dedicar a coisas tais como o ensino religioso e a culpa, a prostração e a ilusão de uma transcendência hipermoral. Ocorre o mesmo que com a educação primária ou secundária: se pudéssemos atualizá-la (e o mundo caminha para isso, certamente), incluiríamos matérias como Alimentação, Autoconhecimento, Criação, Amor, Escrita, Desenvolvimento de *blogs* etc. A realidade humana muda, os problemas, as situações, as necessidades mudam, e o fazem num ritmo veloz. Conseguimos ver e pensar um mundo novo? Podemos reconhecer o que nos detém no limiar da experiência, nos impedindo de viver nossas vidas atuais e reais, ligando-as excessivamente ao passado e ao que há de morto da civilização? Podemos deixar para trás essa concepção automática de que um tal nível de mudança é, fundamentalmente, uma perda e uma ameaça, para perceber que é uma expressão de nossa vitalidade, um auxílio para que produzamos em nós uma constante atualização, cujo sentido é nos tornar mais livres e mais capazes?

Aliás, muitas das idéias ou dos esquemas de pensamento mais apreciados podem estar agindo, como a religião ou as ideologias, como freio para nossa vitalidade. A experiência de viver é sempre nova e original, por isso é uma experiência, um decurso de fatos antes não vividos, e não uma repetição do passado. Sim, claro que o passado existe e é valioso, mas está em nós, não é necessário trazê-lo de volta através de pensamentos ou da fixação sobre a memória ou a identidade. O passado está em meu desejo atual, gerando sua forma através da elaboração constante de formas, que é a vida; o passado está elaborado, vivido, resumido e superado, na medida em que nosso desejo se dirige para a realidade. Não é certo que aquele que não conhece o passado está condenado a repeti-lo. Por mais que sejam pessoas muito cultas as que sustentam essa opinião, é mais comum ocorrer o contrário, ou seja, que a atenção dirigida para o passado, na procura por índices orientadores, seja a expressão de uma impotência para se encarregar do presente. O valor do passado é dar lugar a formas novas, e não se constituir numa instância a se respeitar e para a qual voltar o olhar sempre, como se caminhássemos para trás. Uma das vias pelas quais esse inimigo – que podemos chamar "a parte morta" ou "a parte acomodada" ou "medrosa" (não disse "merdosa", atenção) – se mostra é a excessiva atenção à história, que costuma vestir as galas da atitude séria do conhecimento, porém costuma representar, na verdade, o limite de nossa capacidade de viver. A religião é uma enorme fonte de passados recauchutados sob o pretexto do fator espiritual. É possível se pensar um outro tipo de espiritualidade? Ou, para aquele que sente seu impulso religioso como algo bem atual e legítimo: seria possível pensar em novas maneiras de viver a religião, ou, inclusive, em novas doutrinas à altura de um impulso de vida atual e diverso?

Em relação ao termo e à idéia de espiritualidade, que me parece bastante vaga, oriento-me pela perspectiva de Nietzsche. Em sua visão, a espiritualidade tem alguns aspectos diferentes de como costumamos pensá-la. Para começar, é uma das características de certo tipo de pessoa – das pessoas mais fortes. Nem todo mundo é espiritual – nem há por que lamentar isso –, e a força que a espiritualidade expressa, sendo força fisiológica (não há em sua filosofia materialista senão matéria e corpo), é, ao mesmo tempo, um atributo sutil. No contexto religioso ou espiritual convencional, o espiritual é considerado oposto ao corpo e à materialidade. Nietzsche considera que o espiritual é, na verdade, a coroação da matéria, o corpo mais poderoso. Em seu esquema, a maior força fisiológica não se evidencia no músculo, mas no sentido, na capacidade para captar e se ocupar dos níveis mais valiosos da realidade, que Nietzsche alude – se apoiando na antiga lei hindu – como o interesse pelo bem, a beleza e a verdade. Esses conceitos são, primariamente, realidades válidas para sensibilidades especialmente dotadas, capazes de captá-los e de senti-los, além de sua importância ser extrema.

Outra correção interessante que há que se fazer à forma automática com que tendemos a interpretar essas idéias a partir do nosso contexto habitual de referência é o pressuposto de que as pessoas mais fortes não são as que mais se interessam em obter supremacia, embora essa posição lhes corresponda de maneira natural. Os espirituais seriam, então, os mais fortes, mas também são os que sentem o bem como coisa própria, pessoal, como uma capacidade que indivíduos menos dotados não possuem. O que pode ser espiritual é o corpo, o corpo refinado e poderoso daquele que capta o que é mais estranho e difícil da vida, o aceita e o experimenta. Mas ter filhos, viver esse amor, não é justamente uma vivência desse tipo, um salto para nossa fisiologia em busca de sentido? Para que se servir de figuras de cartão, iconografias e narrações tristes e moralizantes, quando a experiência pede para ser vivida com plenitude? Apela-se a esses expedientes por falta de força, por um temor natural que é despertado pelo que há de sobrenatural na própria natureza, que nos proporciona momentos alucinantes na vivência do amor por um bebezinho que cresce como uma explosão de suavidade, caráter, ternura, inteligência e vivacidade.

Não quero me prolongar ainda mais, o tema é extenso, mas gostaria de destacar que o espiritual não tem por que nos remeter ao conjunto habitual de características que lhe atribuímos, acostumados que estamos à versão religiosa convencional. Segundo essa visão pequena, "espiritual" é algo que surge da oposição ao corpo, da debilidade, da negação dos impulsos vitais (contrapondo-se a eles, procurando equilibrá-los), e implica um exercício ingênuo do bem e o reconhecimento de uma igualdade extrema. Em Nietzsche – como provavelmente tenha sido em culturas antigas que hoje, por olhar através de nossa perspectiva cristã, não somos capazes de compreender –, o espiritual tem a ver, por outro lado, com um grau superlativo de força, com a corporalidade mais alcançada e refinada, com uma sensualidade do sentido e uma aprovação extrema da vida, até em seus aspectos mais problemáticos e complexos. A espiritualidade religiosa que se assume como repreensão e desencanto, como isolamento do mundo cruel, como negação do prazer sensorial, como restrição e empobrecimento, é um pálido reflexo daquilo que o conceito de espiritualidade – que a mim, como disse, não tem especial significação – poderia gerar. A espiritualidade é uma capacidade de afirmar a existência da maneira mais plena e exigente, e não um abandono débil e triste, representado por uma moral de descontentamento como forma de demonstração de superioridade.

Em todo caso, fica claro, creio, que nosso objetivo não é nos manifestar como inimigos da religião, nem da idéia de deus, mas abrir o espaço pleno para a experiência da criação, que não é outra coisa senão a vivência de nossa relação com nossos filhos, com nossa descendência, com o futuro. Ter filhos é fazer mundo, produzir realidade, e nos parece evidente que isso não pode adquirir seu sentido pleno e mais valioso se sufocarmos a experiência em esquemas religiosos de significação. Talvez, em outra época, isso tenha sido necessário, tenha sido uma ajuda para viver. O que estamos dizendo é que nos parece que hoje em dia a religião é muito mais um obstáculo, respeitado por conta do temor que nos causa a experiência extrema da vida se reproduzindo através de nós.

Perguntas e respostas

Deus existe? (Nicolás, cinco anos)

Responde Alejandro:
Sim, existe. É uma idéia que muitas pessoas têm. É um ser imaginário, uma espécie de personagem, como aqueles dos filmes, uma espécie de superpai. Tem poderes, julga, cria, decide tudo. É estranho. Há gente que acredita que ele existe, que é de verdade, mas, como não é real, elas nunca o vêem nem têm nenhuma prova de sua existência. Por isso, têm que *acreditar* nele, porque ele não aparece. Nunca se define bem onde está nem o que faz, é como uma presença mágica. É como se você fosse meu filho e tivesse sempre a seu lado um pai como eu, mas invisível, que não vai falar com você, mas que está vendo você o tempo

todo. Para muitos é uma maneira de não se sentir sozinho. Estão sozinhos, mas imaginam que esse ser irreal está com eles. É parecido com o programa Big Brother: supõe-se que deus vê tudo o que você faz, então você sente que tudo o que fizer importa para alguém, assim como para mim, que sou seu pai e que gosto tanto de você, me importa tudo o que você fizer. Mas eu não estou o dia todo com você, porque, por mais que adore você, tenho outras coisas para fazer também. Bom, esse deus está o tempo todo com todo mundo: um delírio total. É um personagem psicodélico. Foi inventado pelas pessoas há muito tempo, sem saber que o estavam inventando; acreditavam, sem mais nem menos, que, ao imaginá-lo, falavam de algo real. Mas ele não é real. É preciso que as coisas fiquem claras: ninguém está conosco o tempo todo, nem há um ser que tenha criado tudo, nem a natureza é a manifestação de uma inteligência central e intencionada. A vida é mais complexa e, além disso, não tem explicação total, final. Aqueles que acreditam em deus também acreditam que deus é o sentido geral da realidade. Deus é uma maneira de gerar significados que não existem, mas que ajudam aqueles que não podem ver a realidade tal qual ela é.

Acrescenta Ximena:
Também ocorre que a vida é tão maravilhosa e imensa que muita gente quer pensar que tem que haver algo ou alguém

que a tenha criado. Então, muitos sentem que os fenômenos da natureza são uma manifestação do poder de deus, ou que as coisas incríveis que podem nos acontecer na vida se devem a deus. Às vezes, as pessoas têm necessidade de encontrar uma ordem, uma resposta diante de tanto mistério que a vida apresenta em si mesma, e acreditar em deus é uma boa forma de resolver isso.

Como são feitas as pessoas? (Andrés, três anos)

Responde Ximena:
As pessoas são feitas a partir da união dos corpos de um homem e de uma mulher. Há um processo biológico por meio do qual as células (que são partes minúsculas, invisíveis do corpo) do homem e as da mulher se juntam, e dessa união começa a se formar outro corpo, que vai crescendo na barriga da mulher até alcançar um certo grau de desenvolvimento que lhe permita nascer. Ou seja, um bebê cresce na barriga da mãe até que possa sair e ser uma pessoa independente dela.

Em geral, se diz "fazer amor" ao ato pelo qual as células da mãe e do pai se juntam. Mas também se podem juntar essas células num laboratório, quer dizer, os médicos podem fazer essa união com células de homens e mulheres (pais e mães) e depois colocá-las na barriga de uma mulher para que o bebê cresça. Também se chama de "ter relações sexuais" à união entre um homem e uma mulher para fazer uma pessoa. Nem sempre tem que haver amor nesse ato. Assim como nem sempre que duas pessoas têm relações sexuais necessariamente é gerado um filho.

E, assim, vão sendo geradas as pessoas, da união de outras pessoas. Um homem e uma mulher têm relações sexuais, as células deles se juntam, começa a crescer um bebê na barriga da mãe, cresce e nasce um filho, uma pessoa. Esse filho cresce e, quando é adulto, se junta com outra pessoa para fazer outra pessoa, e assim as pessoas vão se reproduzindo.

(Quando expliquei isso a meu filho de três anos, eu disse que querer fazer uma pessoa acontece quando uma mulher está apaixonada por um homem e que, como se amam tanto e estão felizes por estarem juntos, querem ter filhos para formar uma família. Eu gostava de sentir que dessa forma ele tinha contato, pela primeira vez, com a história de seu nascimento, tão desejado por nós. Mas o fato é que nem sempre é assim. E acredito que, de acordo com a idade da criança, é necessário esclarecê-lo.)

Acrescenta Alejandro:
Também se diz "transar" ao ato em questão, mas talvez convenha usar uma linguagem mais neutra com as crianças.

Ou, justo ao contrário, é melhor usar a linguagem corrente? Se dizemos as coisas de um modo mais formal, também nos sentimos um pouco bobos depois. Mas não é de todo ruim que os pais fiquem um pouco bobos diante de seus filhos, até pode ser uma virtude, algo que os ajude a encontrar sua própria voz...

O que é a morte? (Andrés, três anos)

Responde Alejandro:

Morrer é deixar de existir. Não é um estado, porque quando a gente morre não "está" morto, simplesmente não está mais. Uma pessoa morta já não está em nenhum lugar, e a única coisa que fica dela é o que os outros podem lembrar ou sentir ao pensar nela. Essa é uma maneira de sentir que, de alguma forma, quem morreu "continua vivo", porque faz parte de pessoas que estão vivas, mas até mesmo essa lembrança vai se tornando cada vez mais fraca, até que essas pessoas também morrem, e, no final, não resta nada delas. Pensemos nas pessoas que viveram há cem anos, duzentos anos, mil anos: só restam delas algumas imagens, alguns relatos, e fica muito difícil imaginar, inclusive, como seriam as pessoas que sabemos que existiram.

Acrescenta Ximena:

Morrer é deixar de existir, e saber isso gera em nós muita tristeza; sentir que algum dia as pessoas das quais gostamos deixarão de existir é muito difícil de suportar. Mas também nos serve para aproveitar a vida ao máximo e vivê-la plenamente.

A vida é isto, nada mais? (Mauricio, treze anos)

Responde Ximena:

A vida é isto, e tudo o que queremos que seja. É o que podemos fazer com ela. Se você quer fazer com que a vida seja uma aventura e vive em busca disso, ela pode se tornar uma aventura. Se a gente quiser, a gente vai ver a riqueza, a maravilha e a imensidão que é a vida. A vida é enorme e está cheia de opções, depende do que cada um consegue construir.

Viver a vida como uma experiência plena, ou como uma passagem desventurada e cruel, vai depender do que cada um tentar fazer com o que lhe ocorrer. Na vida, você terá todo tipo de situações e experiências, vão lhe acontecer coisas muito bonitas, coisas que farão você feliz, e também coisas ruins, desagradáveis, que poderão deixá-lo muito triste. Porém, a verdade é que vamos aprendendo com tudo o que nos acontece, e tudo serve para crescer, para aprender, para querer ir adiante e continuar. Superar situações difíceis nos ensina a viver e a enfrentar o que nos cabe, mas também serve para saber desfrutar plenamente os momentos felizes quando eles chegam.

Pense na vida como sendo uma grande feira, e que encontrar coisas maravilhosas ou não ver nada bom entre tantas opções vai depender de como você a encarar.

A vida está aí, oferecendo-se, plena de opções, é cada um de nós que decide o que pega, o que descarta, do que se serve, o que deixa passar.

Sim, isto é a vida, nada mais, nada menos.

ACRESCENTA ALEJANDRO:
Nada a acrescentar, você disse tudo muito bem...

O que acontece quando morremos, para onde vamos? (Lucas, oito anos)

RESPONDE ALEJANDRO:
Durante muito tempo, as pessoas acreditaram que aqueles que morrem vão para outro lado. Na realidade, os mortos deixam de ser, deixam de existir, mas, como aqueles que ficam vivos continuam, de algum modo, sentindo a presença deles, acreditam que esse sentimento significa que as pessoas, depois

de mortas, continuam vivendo em outro modo de existência. A verdade é que, ao morrer, não vamos para lugar nenhum. Quando se diz que a vida continua, se quer dizer que o corpo, ao se decompor, volta a colocar em ação as substâncias das quais somos feitos, mas, embora essas substâncias possam passar a fazer parte de outro ser, aquele ser que nós fomos não existe nem existirá nunca mais. O que acontece ao morrer não é que "vamos" para algum outro lado, mas que a nossa existência se suspende, termina, se cancela. Não existe outro lado da vida, a morte é o final da vida.

Acrescenta Ximena:
Quando morremos não vamos para lugar nenhum, quando morremos ficamos naqueles que continuam vivos; deixamos, nas pessoas que viveram perto de nós, o que pudemos lhes dar, ficamos naquilo que nossos atos geraram na vida dos outros.

Por que não posso ver deus? Por que deus não me responde, quando rezo? (Sol, quatro anos)

Responde Ximena:
Deus é uma idéia, é uma forma que muita gente encontra de representar coisas (explicações, valores, sentidos, poderes,

respostas), mas que, na realidade concreta, não existe. Deus é o que se pode chamar de abstração. Não é um ser material, não tem corpo, não tem forma, nem odor, nem cor, por isso você não pode vê-lo e ele não pode escutá-la nem responder.

Acrescenta Alejandro:

Ele não responde porque não existe, mas muitos acreditam que deus não responde porque quem está rezando não têm fé suficiente para ouvi-lo. É de enlouquecer...

A virgem Maria toma banho? (Agustina, sete anos)

Responde Alejandro:

A virgem Maria é outro personagem do universo da religião cristã. Diz-se que é a mulher da qual nasceu Jesus, mas que o teve sendo virgem, quer dizer, sem haver tido relações sexuais com ninguém. Desde o começo da história do personagem Jesus, aparecem essas falsidades, como se se tratasse de uma história mágica e não de uma história humana. Tudo bem que haja histórias incríveis, inverossímeis, não há problema com isso; o que é prejudicial é que certas mentiras (como alguém pode nascer de uma mulher virgem?) sejam consideradas provas de santidade, e não reconhecidas como as meras invenções que são. Uma mulher virgem não é uma mulher pura, é só uma mulher que não teve ainda relações sexuais, provavelmente porque ainda não tem idade para isso – pois, quando aparecem a necessidade e o desejo sexual, é muito difícil e pouco saudável não ter relações. Uma mulher que tem relações sexuais não é uma mulher impura, é uma mulher plena, uma mulher propriamente dita, madura ou em busca de sua maturidade, capaz de encontrar prazer em seu corpo e também de dar prazer a outros. A idéia de que a virgem Maria não toma banho reforça a sensação de que, assim como não fez sexo para ter um filho, tampouco se suja, como outros mortais. É tão absurdo pensar que uma mulher pode ter um filho sem ter estado com um homem (a não ser que se utilizem moderníssimas técnicas de fertilização, que supõem, mesmo assim, a existência da parte masculina no processo) quanto pensar que alguém pode viver sem se lavar.

Acrescenta Ximena:
Essa pergunta foi feita por Agustina Kofoed, uma menina de sete anos, a sua mãe, e me parece ótima a ocorrência: mostra, claramente, como as crianças pensam tudo, conectam tudo e ficam remoendo coisas em suas cabecinhas; por isso é tão importante cuidar do que dizemos a elas, as respostas que lhes damos, as palavras que usamos, os significados que lhes transmitimos.

Como foi criado o primeiro homem? (Juan, seis anos)

Responde Alejandro:
O primeiro homem surgiu da evolução natural, na qual aparecem seres viventes cada vez mais complexos. O homem é um animal, um animal raro, mas um animal como os de sua classe: mamífero. Nascemos, vivemos, nos reproduzimos e, depois, morremos. Muito depois, com sorte. O primeiro homem não existiu de repente, como se alguém tivesse feito um truque de mágica. Pouco a pouco, e ao longo de milhares de milhões de anos, a vida foi gerando diferentes tipos de ser, até chegar a nós. No momento – porque essa evolução ou mudança constante não terminou –, o que acontece é que, por ser um processo tão lento, parece quase impensável. Ou seja, não houve um "primeiro homem" ou uma "primeira mulher", mas um processo gradual no qual algum tipo de animal anterior foi se transformando nestes que somos agora.

Diz Ximena:
Às vezes, isso é difícil de entender, porque nos vemos como homens e mulheres muito diferentes dos outros animais, mas, se observarmos detidamente, vamos notar que temos muitíssimas atitudes e condutas similares. Basta assistir a

um documentário sobre mamíferos para perceber o quanto temos a ver com eles, e, se o programa for sobre macacos, não restará dúvida de que somos parentes próximos.

Como começou o universo? (León, doze anos)

RESPONDE ALEJANDRO:
Não se sabe ao certo. Os cientistas – as pessoas que estudam a realidade que conhecemos e que buscam entender não só como tudo começou, mas também como é hoje – falam do *big-bang*, uma explosão original que deu início ao universo conhecido. Porém, ainda não têm como explicar de onde surge tal explosão, o que havia antes ou em que espaço isso aconteceu. Ao abordar esses problemas chegamos ao limite de nossa capacidade de entendimento, porque o que entra em questão é a idéia de um "antes" desse fato que se considera o princípio do tempo. Como falar de um princípio do tempo e do espaço? Nossa capacidade de pensar e de entender entra em curto-circuito, não consegue ir mais além. Parece-me que há, então, duas possibilidades. Uma é a de inserir ali uma resposta inverificável, porém organizadora, e dizer: deus criou a realidade. Em meio à mais plena e legítima ignorância, coloca-se um ser todo-poderoso que traz tranqüilidade e que gera em nós sen-

sações de gratidão e submissão a seu enorme poder. É uma resposta absurda, mas que se legitima a partir do ponto de vista emocional: é difícil ficar sem resposta, e essa resposta tranqüiliza. A outra possibilidade é entender que a capacidade de pensamento e de compreensão tem, realmente, seus limites, e não se pode ir além dela. E então? Então a vida é algo para ser experimentado, o sentido da vida é vivê-la, e não há possibilidade de sair dela, pensando, para compreender uma verdade final e definitiva. O conhecimento tem seus limites, há lugares aonde não pode chegar, e um deles é saber qual o sentido da vida. O conhecimento é importante, mas sempre entendido como uma função do viver e não como seu fundamento. Acreditar que o conhecimento é o fundamento, ou um caminho absoluto que pode oferecer todas as chaves do ser, é também uma forma de religião. Talvez, nesse terreno, não se diga a palavra "deus", porém, essa concepção do conhecimento é igualmente incorreta e alienante. A posição mais plena e correta é a de entender que o animal homem é uma parte de um fenômeno inabarcável pela mente humana, e que isso não quer dizer que haja um poder superior. Sim, nosso poder é limitado, porém não há um personagem poderoso que esteja encarregado de tudo.

Acrescenta Ximena:

Pessoalmente, acredito que o universo sempre existiu, não é algo que tenha começo e fim. Nós, seres humanos, costumamos nos questionar sobre isso porque, uma vez que nossa vida é limitada (nascemos-vivemos-morremos), tendemos a estender esse esquema existencial a todas as coisas e queremos compreendê-las a partir daí, mas isso não é possível. O universo existe, é.

Por que há pobreza e sofrimento? Por que deus deixa acontecerem guerras e terremotos? (Sofia, oito anos)

Responde Ximena:

As guerras, os terremotos, a pobreza e o sofrimento fazem parte da natureza humana. O mundo tenta se adaptar a esses fenômenos inevitáveis. Sofrer faz parte da vida, é parte das forças vitais gerar enfrentamentos, lutar pelo poder. A pobreza tem a ver com a distribuição natural dos recursos e, por mais que tentemos e consigamos melhorar as condições em muitas partes do mundo, não há possibilidade de erradicar a pobreza totalmente.

Acrescenta Alejandro:

Não é deus que deixa ou não deixa que essas coisas aconteçam, mas os crentes sentem que deus é uma forma de lutar contra essas coisas. Mesmo que não se possa exterminar a violência, é possível, sim, limitar seu alcance em determinadas situações, e isso é tarefa para os humanos, não para deus.

Vai me acontecer alguma coisa de ruim se eu não acreditar em deus? (Pedro, doze anos)

RESPONDE ALEJANDRO:
Não, não vai lhe acontecer nada de ruim. Talvez você se sinta mal por deixar de lado algo que é importante para algumas pessoas que o cercam, mas, se sua verdadeira natureza for seguir adiante sem a idéia ou a presença da figura de deus, você vai encontrar suas próprias formas de viver o sentido da vida. É preciso entender que deus não é uma experiência para todos, que alguns necessitam dele, outros não, e que ninguém é uma pessoa melhor ou pior por isso. É provável que quem crê em deus lhe diga que, se você admitir que não acredita, estará fazendo algo horrível, mas é porque essas pessoas vêem a questão do ponto de vista religioso – que, ao que parece, você já está descobrindo que não é o seu.

Esse mal-estar que você pode sentir e que as pessoas religiosas interpretariam como a prova de que "verdadeiramente", no fundo, você acredita em deus, poderia se explicar também como uma sensação de culpa. Como provavelmente você foi educado na prática da religião, em certa medida, embora você queira se afastar, você mesmo está sentindo em parte que isso "está errado" e, apesar de seu desejo de desligamento, está pagando o preço de sua liberdade. Mas não vai acontecer nada de ruim com você por não acreditar em deus, e, se depois de um tempo você perceber que, na realidade, deus era importante para você, o mais provável é que ele o esteja esperando.

Acrescenta Ximena:
Viver o conflito de acreditar ou não, enfrentar o fim da fé, abrir os olhos para uma realidade que não dá conta da existência de nenhum deus, tudo isso gera muita angústia num adolescente. Sentir-se mal animicamente, para os jovens, pode ser algo ruim, principalmente se não lhes foi ensinado de maneira clara que a tristeza, o conflito, as incertezas e os temores são parte do aprendizado da vida e do crescimento.

Estamos sozinhos no mundo? (Lupe, nove anos)

Responde Ximena:
Sentir-se sozinho por acreditar que deus não existe é mais ou menos como acreditar em deus. Quando, internamente,

não se tem a necessidade de um deus que o proteja e o guie, não existe essa sensação de solidão, porque temos a nós mesmos.

Claro que não estamos sozinhos no mundo, muito pelo contrário: somos um montão e há gente de todo tipo, podemos encontrar muitas pessoas com quem compartilhar e nos sentir acompanhados.

Acrescenta Alejandro:
A solidão deixa de existir assim que desdobramos nossos amores terrenos, quando somos capazes de estar perto de outras pessoas de quem gostamos e que podem gostar de nós. Familiares, amigos, amantes, noivos, noivas, esposas, maridos, essas são as oportunidades de sair do estado de solidão, no qual de algum modo a vida nos coloca ao nos tornar seres individuais. E todas essas pessoas podem se manifestar de uma maneira mais clara e agradável do que a forma como se manifesta deus, que não fala, não abraça, não deseja, não quer, não existe.

Para onde o vovô foi quando morreu? (Luciana, seis anos)

Responde Alejandro:
Para nenhum lugar, o vovô já não está em nenhuma parte. Se você o sente vivo, é porque você se lembra dele, porque a

emoção de amá-lo está no seu corpo, e você acha inacreditável que ele já não esteja em nenhum lugar. É difícil entender que uma pessoa com quem passamos tanto tempo e a quem tanto amamos já não existe, mas é assim. Também dizemos que as pessoas mortas continuam vivendo em nós, o que é correto, mas como imagem poética mais do que como realidade concreta. Quer dizer: ele já não está, mas sua marca está em nós, e, enquanto essa marca permanecer viva, seu ser não desaparecerá totalmente. Ele está morto, mas o sentimos vivo em nós.

Acrescenta Ximena:
Acho importantíssimo que o tema da morte seja tratado sem rodeios e com todas as palavras possíveis para explicar que estar morto é não estar nunca mais, e que a morte é o fim. É óbvio que, conforme a idade e as circunstâncias, haverá formas diferentes de transmiti-lo, mas nada pode ser mais nocivo para uma criança que se disfarçar, com fantasias inexistentes, a morte real de um ser querido.

Para onde vai quem é mau? O que acontece com quem é mau? (Mateo, cinco anos)

Responde Ximena:
A verdade é que todos temos uma parte boa e uma parte má. Ninguém é totalmente mau ou totalmente bom. Quer di-

zer, conforme o momento e as circunstâncias, podemos sentir que somos maus, que temos aspectos maus em nós próprios, mas isso não quer dizer que não sejamos boas pessoas. Você pode ser muito bom e também sentir que tem vontade de fazer algo mau. Se estiver com raiva porque seu irmãozinho mexe em todas as suas coisas ou se tiver vontade de empurrá-lo para que ele não ocupe tanto espaço, não quer dizer que você seja mau, mas apenas que isso incomoda você, causa ciúme, irritação, ou o que quer que seja, mas você faz um esforço por não bater nele nem machucá-lo.

As pessoas se unem e decidem o que está bem e o que está mal, isso serve para que possamos conviver, crescer e produzir. Por isso, sabemos que há coisas que é certo fazer e outras não. Dentro dessas normas, tentamos nos conduzir o melhor possível.

Pessoalmente, prefiro pensar no que faz mal e no que faz bem a nós mesmos e aos outros, e, sabendo disso, tratar de ficar tranqüila com o que fazemos, com o que sentimos, com o que somos.

Se alguém é predominantemente mau e faz mal, pode ser porque está doente, tem problemas graves, lhe acontecem coisas que não pode dominar. Então a sociedade tenta controlar essas pessoas para evitar os danos que elas podem causar.

Tampouco existe alguém totalmente bom, o que acontece é que algumas pessoas não aceitam nem compreendem seus aspectos maus, então não podem reconhecê-los. Logo, os maus, com seus aspectos bons, podem chegar aos mesmos lugares que os bons com suas partes más.

ACRESCENTA ALEJANDRO:
Concordamos que é importante ser bom, mas isso não se consegue fingindo sê-lo. Embora o controle da maldade também sirva à sociedade, trata-se, na realidade, de obter uma dinâmica vital interna que permita ao indivíduo se dedicar a uma vida de satisfação, crescimento e utilidade, o que se obtém, paradoxalmente, se conhecermos, aceitarmos e vivermos de alguma forma não agressiva aquilo que chamamos nossas "partes más". Foi muito útil o recurso de falar de "partes" em mim, para não ter que negar sentimentos nem idéias. De todo modo, como se vê no filme *Crimes e pecados*, do Woody Allen, os maus podem acabar sendo felizes e suas maldades podem não ser descobertas, ao passo que os bons podem acabar amargurados e numa grande pobreza vital. Mas o fato é que ninguém vai para lugar nenhum após a morte, porque ao morrer a vida acaba.

O que aconteceu com esse aí? (Valentino, cinco anos, diante da imagem de Cristo)

Responde Alejandro:

Aconteceu o que acontece com muitos: teve uma morte cruel, acabou pregado em umas estacas de madeira. Dentro da religião na qual esse personagem cumpre um papel central, se dá a essa morte um sentido sagrado e se diz que ele morreu por nós, como uma espécie de sacrifício que, de algum modo, nos obriga a certa fidelidade e cria uma certa culpa original da qual não se pode escapar. É um morto que gera um compromisso moral. Ao que parece, Jesus foi uma pessoa real, quer dizer, a história poderia comprovar que houve alguém com esse nome e que parte do que se conta é verdadeiro (não o fato de haver nascido de uma mulher virgem, nem o de ressuscitar depois de morto, coisas completamente impossíveis, que vão contra todas as leis naturais). Na natureza, há e sempre houve atos de violência, os animais mais fortes se alimentam dos mais fracos e, no mundo humano, isso se manifesta nas guerras e de muitas outras formas. Lamentamos esses fatos, mas são coisas legítimas e naturais e de realidades que fazem parte inevitável da experiência humana. É muito difícil entender hoje com exatidão as razões que fizeram com que Jesus fosse crucificado, tanto quanto é difícil compreender o que ele fazia na época dele. A idéia de que essa morte compromete todos em algum tipo de moral ou de dívida é um abuso e também uma forma de imprimir tristeza e culpa sobre a liberdade de nossas vidas.

Acrescenta Ximena:

Gostei dessa pergunta porque mostra o impacto que esse homem crucificado, machucado, sujo e sofrido pode gerar numa criança que não tem essa imagem incorporada como parte de uma tradição religiosa. Sempre me pareceu horrível a imagem de Cristo, sinto que dá medo e gera mal-estar. Acho muito bom que uma criança possa dizer com curiosidade e despojada de sentidos religiosos: "Que aconteceu com esse aí?".

O que digo a meus filhos se me perguntarem sobre métodos anticoncepcionais? (Mabel, 32 anos)

Responde Ximena:

Diga-lhes que têm todo o direito do mundo de pensar e decidir sobre seu poder de concepção. Que, conforme os métodos que usarem, provavelmente terão uma alta possibilidade de controlar e escolher quando ter filhos. Costumo explicar do melhor modo possível o que sei a respeito e proponho colocá-los em contato com um profissional no assunto, para que tenham toda a informação adequada e disponível.

Também diria a eles que a concepção é um processo da natureza e, portanto, embora tenhamos meios para controlá-lo, não podemos ter plena certeza de poder fazê-lo cem por cento.

Acrescenta Alejandro:

Já vai chegar esse momento, querida... E se nos disserem que querem ter um filho logo com a primeira noiva, porque o decidiram assim?

Responde Ximena:

Veremos...

É errado se masturbar? (Rodrigo, doze anos)

Responde Ximena:

Não é nem certo nem errado, porque não é algo que deva ser julgado. A masturbação é uma atividade natural que nos ajuda a descobrir e a conhecer nosso corpo, juntamente com as intensas sensações que experimentamos ao estimular essas zonas que se chamam erógenas.

É algo que se faz com privacidade e pertence à intimidade de cada um.

Woody Allen diz que se masturbar é fazer amor consigo mesmo. Que forma poética de dizê-lo, eu adoro.

Acrescenta Alejandro:
Poderia se dizer, com todas as letras: masturbar-se não apenas não está errado, mas está certo. O dano que as religiões têm causado ao interferir na sexualidade natural é inimaginável. Justamente nas idades em que é mais saudável e necessário se masturbar, meninos e meninas vivem isso com culpa.

Onde está deus? (Damián, nove anos)

Responde Alejandro:
Uma vez que deus não existe, senão como idéia, deus está nas pessoas que acreditam nele. É uma realidade válida para aqueles que a sentem verdadeira, mas não uma realidade plena, como é a realidade do sol, do ar, das árvores. Como idéia, além disso, muitas vezes seu significado limita e apequena a realidade mais concreta e verdadeira, porque um dos principais pressupostos das religiões mais difundidas entre nós é a existência de outro mundo após a morte, um mundo que regu-

laria, assim, nossa existência terrena. Segundo os religiosos, deus está em toda parte, mas, para os não-religiosos, o que há em toda parte é a existência, expressão de uma natureza transbordante, indomável, extensíssima, valiosa e interessante por si mesma, variada, inalcançável, cheia de possibilidades, e vivê-la é uma aventura incerta e sensacional.

Acrescenta Ximena:
Deus está na imaginação de algumas pessoas, é uma idéia, é uma fantasia. Deus é como um personagem, como os super-heróis que, no mundo real, não existem.

Quem diz quando se deve ter filhos? (Analía, nove anos)

Responde Ximena:
Não há alguém que possa dizer quando se deve ter filhos. É algo que acontece segundo as circunstâncias de vida das pessoas. Ter filhos é um processo natural: os animais, as pessoas estão sempre se reproduzindo, e assim se mantém a vida na Terra.

No melhor dos casos, isso é decidido junto com a pessoa com quem se quer tê-los, e, se tudo transcorrer bem, basta desejá-lo, fazer o que se tem que fazer e deixar acontecer. Tradicionalmente, os filhos são gerados quando um homem e uma mulher se casam e querem formar uma família. Mas há muitas formas de ter filhos, algumas mais bonitas do que outras. Há gente que tem filhos sem querer, sem ter podido decidir.

Pessoalmente, penso que, para se ter um filho, é preciso unir os desejos dos pais e dessa pessoa que vai nascer, mas esses são desejos que nem sempre podem ser reconhecidos. Às vezes, uma parte de nós tem um desejo que outra parte nem faz idéia de que existe, e, apesar dessa possibilidade de conflitos internos, as coisas acontecem assim. Mas esse é outro assunto.

ACRESCENTA ALEJANDRO:
Suponho que a pergunta também alude - indiretamente - ao tema da anticoncepção, que a igreja condena, fazendo acreditar que é deus o encarregado de dizer quando vêm os filhos, mas, como deus não existe, não usar anticoncepcionais acaba fomentando que cada relação sexual possa gerar um filho. A relação sexual tem, para a igreja, apenas esse valor, e o prazer e a satisfação de uma necessidade corporal legítima e sem conseqüências não encontram lugar. Ou seja, a igreja acaba sendo uma grande produtora de pobres, que é o que, no fundo, parece lhe convir, porque logo se dedica a ajudá-los, fixando neles seu sentido primordial.

Adorei a sua frase "Há muitas formas de se ter filhos, algumas mais bonitas do que outras".

Deus é deturpado pela igreja? (Maximiliano, 22 anos)

RESPONDE ALEJANDRO:

Muitas pessoas dizem que acreditam em deus mas que não acreditam na igreja, quer dizer, que sentem a fé, que acreditam que deus é a explicação adequada da origem do universo e a chave do sentido, mas que sentem que a instituição eclesiástica trai esses ideais, ou que simplesmente não consegue representá-los. Essa posição é legítima, como todas (quem somos nós para negar a legitimidade de algo que acontece?), mas, em muitos casos, promove a idéia de que os efeitos negativos da religiosidade surgem da estrutura terrena da administração do poder da religião e não da própria religião, a qual se supõe mais benévola. O certo é que as valorizações antinaturais e negativas da religiosidade formam parte dos próprios ensinamentos de suas figuras de referência, e isso independe da interferência do papa ou de um padre. Então, embora se possa dizer que em certo sentido a igreja deturpa deus ou, melhor dizendo, dá uma versão diferente da experiência da fé, a distinção não se torna tão relevante quanto se pretende.

Acrescenta Ximena:

Muita gente tem uma visão particularizada de deus, uma concepção feita "ao gosto do freguês": sentem deus nos fenômenos da natureza, em conexões místicas, em outras dimensões, a partir de posições espirituais próprias, na sexualidade tântrica, e talvez possam dizer que a igreja deturpa o que deus é. O fato de eu ter tido certa proximidade com a instituição eclesiástica me permite compreender o que sentem essas pessoas que formam imagens mais amorosas e vitais de deus, porque certamente a igreja tem contradições e doutrinas muito ruins.

Encerramento de Ximena

Proposta final: um desafio com intenção

A todos os casais que agora são mães e pais, entregues à arte de criar filhos com liberdade, reservando-lhes o lugar de pessoas sábias e sensíveis desde o primeiro momento, com todas as exigências que isso implica, proponho não perder a intenção de nos manter como casais amorosos e amantes. Isso também é parte do que queremos transmitir a nossos filhos: vamos ensiná-los a defender os amores acima de todas as coisas.

A chegada dos filhos causa uma enorme desestruturação aos casais. Corremos grandes riscos de deixar pelo caminho o que nos fez querer formar uma família. Há que pensá-lo quase como um trabalho a mais: temos que cuidar de nossos companheiros, armar estratégias e pedir ajuda para não ficarmos presos numa relação desgastada pelas novas demandas que os filhos trazem.

Outra coisa: é fundamental se preparar para receber os filhos quando estão a caminho. Reflexão e trabalho físico durante a gravidez ajudam a manter o controle em momentos de grande expectativa como esse.

O puerpério é um período intenso e imprevisível. Desorganiza o sistema de vida que tínhamos até então; isso assusta, inquieta e, muitas vezes, torna-se difícil superar.

A criação dos filhos requer preparo, reflexão, leituras e oportunidades de compartilhar as experiências. Em suma, compor um espaço de elaboração de tudo o que surge e acontece com a chegada dos filhos. A qualidade de vida depende mais da capacidade para atravessar certas vivências do que supor que podemos ser eficientes, compreensivos, amorosos e tolerantes porque é assim que deve ser, ou porque acreditamos que a espontaneidade é suficiente. Não é. É necessário perceber que não sabemos ser pais e mães: vamos aprendendo à medida que experimentamos. É compreensível que estouremos, nos angustiemos, nos zanguemos e briguemos, já que estamos criando a obra mais importante de nossas vidas. Nesses momentos, as paixões se intensificam e podem gerar sérios terremotos.

Processar, pensar, entender, conectar-se e elaborar tudo o que trazem o nascimento e o crescimento dos filhos faz da criação uma alucinante experiência de aprimoramento.

É um desafio da nossa época sermos pais e mães ligados sensorialmente com a vida, com o presente, com as pequenas coisas que nos trazem sentido, e ensinar nossos filhos a viver nessa freqüência. É o que nos permitirá evoluir como sociedade e construir um mundo melhor, no qual todos sejamos responsáveis por nós mesmos e capazes de defender, como valor principal, o amor, guiando-nos em cada decisão que tomemos.

Encerro este livro com a satisfação proporcionada pela certeza de um projeto cumprido. Com a realização do sonho de escrever um livro junto com Alejandro e com a sensação de ter sido uma experiência tão enriquecedora. Com o bem-estar e a tranqüilidade que sinto diante das perguntas e inquietações de meu filho, Andrés, em pleno desenvolvimento de seus primeiros questionamentos existenciais, muitos deles potencializados pelo nascimento de seu irmão Bruno. Sinto-me feliz por acompanhar meus filhos nesses processos, sinto-me preparada e com o desejo de recebê-los, outro sonho realizado.

Escrever este livro me trouxe muitas coisas boas; termino-o comovida, agradecida à vida, e fazendo todo o possível para não perder nada do prazer que ele me proporcionou. Estou entusiasmada com o universo que se descortinou a partir da chegada de meus filhos a este mundo, em que encontrei o sentido existencial sempre procurado. Um sentido surgiu quando vi as crianças como o material precioso que são. Vejo uma missão para cumprir, a fim de que muitos possam perceber o quanto temos em nossas mãos quando criamos filhos, quanta responsabilidade assumimos se reconhecemos essa grande tarefa. Anseio ajudar e acompanhar pais e mães; em tempos tão intensos e transcendentais, interessa-me contribuir, desde esse começo, para a mudança social que sinto necessitarmos: pessoas adultas amorosas, incumbidas de si mesmas, em sintonia com suas emoções e a favor da vida, tal qual ela é.

Encerramento de Alejandro

Filhos, evoluções pessoais e felicidade

Também sinto que o trabalho mais eficaz, em relação ao que costumamos pensar como universo político, passa por ações que, apenas indiretamente e a longo prazo, vão mostrar seu poder de mudança: a criação e a educação. Para isso, não é necessário deixar de lado os acontecimentos e políticas sociais, mas é útil e necessário, imprescindível, perceber que a vida se dá sobretudo no plano aparentemente secundário das vidas pessoais. A vida social se produz no estilo dos afetos que sejamos capazes de viver, e a criação dos filhos é o verdadeiro laboratório da liberdade. Uma demasiada preocupação pela justiça social torna-se falsa e potencialmente perniciosa se acompanhada de uma falta de amor para com os filhos, ou de descuido ou desatenção a esse plano fundamental.

Fica claro que a adoção de grandes princípios morais ou existenciais não pode competir com a expressão direta dos afetos. O espaço da intimidade não é um nível isolado da vida do mundo: é seu centro paradoxal, o horizonte principal de todas as vidas. Nele aparecem as vidas novas, os filhos, como os fatos centrais de toda realidade. Uma experiência ruim nesse plano é a pior possível nas vidas dos mais novos, e um fracasso difícil de superar nas vidas dos pais.

Sinto-me feliz por ter evoluído como pessoa até chegar a ser pai. Demorei muito para querer ter filhos, ou para assumir um desejo inconsciente, não percebido. As coisas eram mais simples e também mais profundas do que eu imaginava. Ao ter relações sexuais pela primeira vez, senti que tinha conhecido uma das chaves da vida humana, e olhava para as pessoas na rua entendendo tudo com mais clareza. Da mesma forma, agora que sou pai, percebo de maneira mais plena e perfeita o sentido da vida e da natureza. Esses passos, logicamente, implicam um certo cacife emocional e afetivo da vida pessoal, aumentam a aposta e trazem mais sentido à experiência de viver.

Também sinto que os filhos são, de algum modo, a resposta para a morte. Ali, onde cada um se angustia e enfrenta um limite tão aterrorizante, a existência de filhos queridos permite fazer as pazes com o próprio fim, porque, de alguma maneira, através deles torna-se palpável, real, a emoção de que continuaremos, que sobreviveremos a nós mesmos – os filhos fazem com que isso deixe de ser um mero discurso bem-intencionado. Os filhos são a saída da armadilha que nos é preparada pela morte e pela solidão de sermos pessoas isoladas.

Mas me parece também que, para que isso seja assim ou para que isso seja bem vivido – com toda a felicidade e orientação que esses fatos podem nos trazer –, os filhos devem resultar de um amor prévio, o de um homem e de uma mulher, os pais. Um homem e uma mulher que sintam que seu encontro é valioso. Um encontro que permite um plano de vida de crescimento em comum, entusiasmado, ao qual, ao imprescindível bom enlace sensual, adicione-se um plano de aventuras comuns, uma aliança – sim, variável e com suas idas e vindas – em que sejam coroadas as buscas pessoais de cada um. Não me refiro às uniões de "órfãos", em que um é para o outro a única possibilidade de escapar de uma vida triste, mas às relações nas quais um é para o outro o estímulo para o crescimento. Uma união de pessoas plenas, não desesperadas, pessoas que na vida comum encontram não uma salvação, mas um espaço para o prazer e para seguir adiante com o interminável processo de curar e crescimento, para ter acesso ao ponto máximo do sucesso pessoal e, ao mesmo tempo, à abertura a uma intimidade intensa e feliz.

Para muitos, isso soa – sei disso porque eu era assim – como uma espécie de utopia ingênua, e se considera mais realista a versão do amor como um destino de desencontro, um caminho de fantasmas que vão sendo trocados entre o casal. Essa visão é mais a expressão de uma incapacidade pessoal do que uma verdade objetiva; surge das neuroses pessoais e não da percepção do inevitável das relações afetivas. A intimidade feliz é possível, é possível estar perto de alguém de quem se gosta e por quem se sente atração, é possível esse ambiente impulsionar o florescimento pessoal de ambos, e essas conquistas estão em direta relação com os frutos desse amor, os filhos – as novas vidas que vão dar forma concreta e carnal às emoções que o casal manifestou em sua intimidade. Sim, os filhos enchem a paciência, desestabilizam, revolucionam, exigem muito de nós etc., mas seria muito bom não esquecermos que eles não destroem o amor dos pais. São na verdade a materialização autônoma desse mesmo amor. Essa materialização reforça também a experiência desse amor, porque exige que ele seja reinventado em uma nova forma, ainda mais madura, capaz de criar os recém-chegados tanto quanto manter a ligação essencial dos esposos.

Não me sinto um *expert* em criação, mas, ajudado por Ximena, vou captando cada vez mais seus sentidos e seu funcionamento. De minha parte, este não é um livro de alguém que vê tudo com clareza e que assim pode iluminar outros, mas é a possibilidade de compartilhar meus pontos de vista com pessoas que pensam de forma semelhante. O certo é que o tema da criação e sua relação com uma possível auto-afirmação que apague a pobreza vital de tantas posições religiosas é central hoje, e acreditamos que valem a pena os esforços para explorá-lo e elaborá-lo juntos.

Também finalizo muito feliz este projeto, e sinto que escrever um livro com Ximena é um sonho realizado, o de uma relação que pode ser consistente em vários planos, na qual tantas coisas podem se integrar e encontrar sua forma. Eu não imaginava que tudo isso pudesse ser assim, tão bom.

Outras vozes

Relatos

Os relatos que seguem foram enviados para Alejandro, no seu blog <www.100volando.net>, por pessoas que nos contaram suas vivências acerca do tema.

Quando decidimos batizar nosso filho, fomos rechaçados da catedral de Chascomús, porque não cumpríamos os requisitos de fiéis convictos. O padre nos explicou esse conceito nos dizendo que "não tínhamos encontrado no caminho ao amado".

Anônimo

O segundo casamento de meu ex-marido foi com uma garota muito católica, daquelas que vão a Salta e a Medjugorje. Ela estava feliz porque ele era... solteiro! (Não havia se casado comigo no religioso...) Ela se casou de branco na igreja: o filho dela e os quatro meus na primeira fila. Solteiro, com dezesseis anos de convivência e quatro filhos.

LAURA, 43 anos

No terceiro ano do curso secundário, na pequena cidade de São Jorge, província de Santa Fé, quando estudávamos história medieval, ao chegar ao tema da Inquisição, minhas opiniões contrariaram tanto a professora de história (ela sabia que eu era ateu) que ela acabou me dizendo, diante do resto da classe, que "os ateus deveriam se suicidar, afinal não acreditam em nada". A irritação durou bastante, pois só dois anos depois, durante a cerimônia de formatura, ela se aproximou e me pediu desculpas (coagida por outra professora que presenciara a discussão). Cabe ressaltar que a escola secundária na qual eu estudei não era religiosa, era uma das Escolas Normais Nacionais. Por outro lado, minha irmã, sim, cursou seus estudos secundários numa escola católica local, onde teve de omitir dos professores sua forma de pensar.

Quando contei a meus pais que não acreditava em deus e que por isso deixaria de ir à missa, minha mãe ficou bem zangada. Mas chegamos a um acordo: eu compareceria às três missas mais importantes do ano, às quais costuma ir mais gente. Nessas ocasiões sempre discutíamos, e eu finalmente percebi que manter as aparências era o que mais importava para minha mãe.

Carlos, 21 anos

É notável como é difícil educar uma criança no ateísmo na Argentina de hoje. Se você quer mandar seu filho para um colégio particular, salvo raras exceções, ele sempre será um *outsider*. Falamos com a diretora de um colégio (que se diz *laico* em sua página na internet), e, em vez de nos informar acerca da instituição, ela ficou a reunião inteira procurando nos convencer de que devemos educar nossos filhos "em qualquer religião, mas que temos de lhes dar uma". E acrescentou: "Nós somos superabertos, admitimos judeus, católicos, muçulmanos, mas vocês devem ter alguma religião para dar sentido a sua vida".

José, 35 anos

Aos seis anos, entrei num novo colégio. Chamava-se Irmãs da Misericórdia. Todos os dias, tínhamos que formar filas num imenso pátio, diante do mastro e, depois, rezar, junto com uma voz que os alto-falantes emitiam. Primeiro, vinha o pai-nosso, depois, uma ave-maria. Meus pais queriam tanto que eu estudasse nesse colégio, que chegaram a ponto de mentir na entrevista, dizendo que íamos à missa todos os domingos e outras besteiras. Em casa, nunca falamos de religião, nunca praticamos nenhum rito católico, mas, no colégio, me educaram com base nas bondades de deus, e eu terminei meus estudos nessa escola, à qual meus pais nunca compareciam, sequer para um evento escolar.

Em 1976, morreu minha avó paterna. Em 16 de maio, um dia depois de meu aniversário. O fato foi traumático, pois foi uma morte repentina. Não vou esquecer nunca a cara de meu pai transmitindo a notícia a meus irmãos e a mim. "A vovozinha está no céu", disse, com dor e os olhos cheios de lágrimas. Recorreu a uma metáfora religiosa. Quando criança, meu pai foi coroinha, embora na juventude a militância política o tenha transferido para o extremo oposto.

Poucos dias depois, organizaram uma missa em memória de minha avó. Comparecemos, e me lembro de ter formado uma fila junto com outras crianças, que entravam cantando as canções e orações de uma missa típica dessa época. Eu não sabia nenhuma das letras e procurava fazer mímica com os lábios. Esse episódio gerou em mim vergonha e culpa. Era como um bicho estranho entre uma multidão de garotos que me mostravam algo supostamente determinante, e que eu não tinha. Dias depois, comecei a fazer catecismo, embora só tenha assistido a três ou quatro aulas. Depois, quando entrei na universidade, pude expressar com segurança minhas idéias religiosas sem me sentir incomodado. Como muitos adolescentes, definia-me ateu e antiigreja, e sustentava meus argumentos com base nas teorias biológicas (minha primeira formação na universidade). Posteriormente, minha formação sociológica me serviu para as argumentações nas discussões a respeito de deus e das religiões. Faz muitos anos que não discuto esses temas.

ANÔNIMO

Relatos que alguns amigos e conhecidos contaram a Ximena

Meu sobrinho Ignacio pediu para Angélica, a senhora que cuida dele, que o ensinasse a rezar. Angélica respondeu que repetisse depois dela: "Pai nosso, que estais no céu...". Ignacio riu e lhe disse: "Ah, Lica, você está falando qualquer coisa. Isso não pode ser verdade. Nenhum pai é tão alto para estar no céu, e não há escadas tão altas para que alguém suba. Quando você aprender, me conte, porque isso é outra coisa".

IGNACIO, QUASE TRÊS ANOS

Quando era garota, passávamos os verões em Miramar, e, nas viagens de ida e volta, nem bem partíamos, meus pais faziam com que minha irmã e eu rezássemos o terço. A crença era, suponho, que, se os quatro rezássemos o rosário, deus nos protegeria no caminho. Fui crescendo, não via mais sentido naquilo e não queria rezar, mas precisava fazê-lo da mesma forma, para não pagar penitências.

Silvana, 41 anos

Quando íamos à missa, durante o curso secundário, a freira dizia (com seu sotaque galego) para mim e para as outras meninas que estávamos no primeiro banco: "Fechem as pernas que o padre vai ver até o que comeram ontem à noite". Eu era tão inocente que jamais me passou pela cabeça ser porque se via a calcinha.

María, 33 anos

Eu estava na terceira série e tive uma crise de angústia e de choro na escola. Minha mãe veio me buscar e lhe fiz uma proposta; disse-lhe que não queria estudar mais hebraico, nem ir à escola à tarde, que não entendia por que me mandavam para aquela escola, na qual se celebravam todas as cerimônias religiosas judaicas, incluindo a de sabá todas as sextas-feiras, e na minha casa não se fazia nada disso: acendia-se a luz, mexia-se em dinheiro, coisas que não "devem" ser feitas no sabá (nem sequer se acendiam velas). Disse-lhe que, em vez de ir para a escola à tarde, queria ficar na minha casa.

Andrea, 34 anos

Venho de uma família católica apostólica romana que não pratica muito a religião, exceto minha mãe e minha tia, com algumas velas para lembrar os mortos – e isso cada vez menos. Posso dizer, porém, que elas sentem que algo de bom vai acontecer quando invocam algum de seus santos. De fato, minha mãe é curandeira de dor de barriga e de mau-olhado, tem 93 anos e ainda trabalha. Eu precisava ser crismado, um dos passos para obter todas as vacinas religiosas católicas. Tinha que me crismar na igreja Santa Rosa de Lima, em La Tablada. Fui com meu velho e com minha velha; meu pai estava meio embriagado, o que dava um tom estranho à cerimônia. Queria que eu fosse crismado sem que estivesse presente meu padrinho, que vivia em Córdoba e nunca chegou. Estávamos ali, um monte de gente, e de repente o bispo de Morón, que presidia o ato, disse: "Para que servem os padrinhos?", ao que respondi do fundo: "Para dar presentes". Todos riram e o fulano me chamou para subir ao altar. Colocou-me a seu lado e, enquanto ele falava, eu pensava: "Uau!, como é legal ficar deste lado!". Aquilo me serviu de inspiração para minha vocação: hoje sou ator e estou num palco graças a essa experiência religiosa.

JUAN ACOSTA, cinqüenta anos

Desde pequenos, meus filhos dizem que são "de religião atéia" quando lhes perguntam de que religião são. Mas Joaquín (onze anos), há algum tempo, veio me dizer que era uma pena eu não acreditar em deus, eu tinha que acreditar: "Mamãe, não seja boba, você não vê que não pode acontecer nada com ele? Então se você acreditar ele vai cuidar de você e não vai lhe acontecer nada e tudo vai dar certo".

SARA, 49 anos

Tenho muito presente o momento de minha primeira comunhão. Tinha nove anos. Sentada no banco da capela da escola, ao lado de minhas colegas escutava a freira que nos preparava para tamanho evento. Ela nos dizia algo como nos prepararmos para escutar o chamado de deus; isso podia ocorrer em qualquer momento de nossas vidas, e toda aquela conversa era como uma espécie de treinamento para esse encontro. Lembro-me do terror que me assolou ao pensar o que faria se deus chegasse a me chamar... "Eu não quero ser freira! O que faço? Me finjo de desentendida? Mas ele vai perceber... Se é onipresente!"

Lourdes, 33 anos

Causou muita angústia para nosso filho Pedro (cinco anos) aprender a ave-maria por causa do trecho "agora e na hora de nossa morte, amém". Uma noite, começou a chorar e me disse que não queria morrer... Eu lhe disse que era "na hora de nossa sorte, amém", mas acho que não acreditou, porque demorou muito para se consolar.

César, 55 anos

APÊNDICES ATEUS

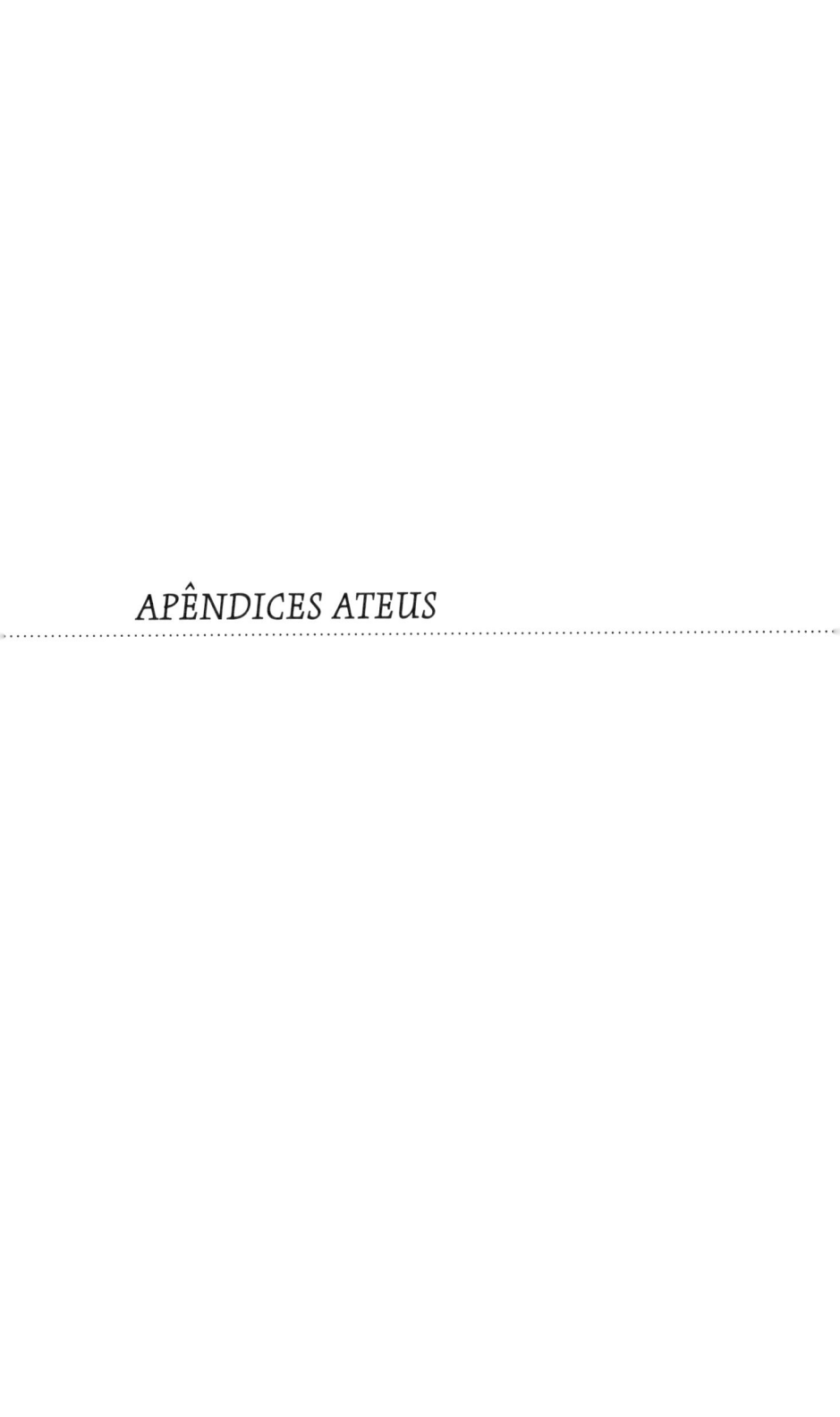

Apêndice Ximena – Bibliografia sugerida sobre temas de criação

De Françoise Dolto:

Niño deseado, niño feliz [Filho desejado, filho feliz]

¿Tiene el niño derecho a saberlo todo? [O filho tem direito de saber tudo?]

¿Niños agresivos o niños agredidos? [Filhos agressivos ou filhos agredidos?]

Foram os primeiros livros que li sobre criação, muito antes de ter filhos. Nesse momento, a leitura me deu uma pista claríssima de quanto o tema me entusiasmava.

Em programas de rádio, a autora respondia a dúvidas dos pais sobre problemas e casos concretos. Uma perspectiva muito interessante de como tratar os filhos, embora também se possa considerar pouco afetiva e um tanto inflexível. O mais importante de sua forma de pensar: devemos falar com nossos filhos sabendo que eles percebem e entendem tudo. Sua saúde mental depende de que os adultos próximos coloquem as coisas em palavras.

De Donald Winnicott:

Devido à minha formação de psicoterapeuta, dediquei-me bastante a estudar esse autor. Considero-o alguém de uma sensibilidade especial:

El hogar, nuestro punto de partida [O lar, nosso ponto de partida]

Conversando con los padres [Conversando com os pais]

Conozca a su niño [Conheça seu filho]

Os três livros são muito recomendáveis para pais interessados em compreender a importância de oferecer um ambiente acolhedor e amoroso aos filhos desde o primeiro momento. O autor compreende aspectos da vida afetiva muito contundentes, mas nem sempre fáceis de captar. É bom conhecê-los para entender nossos filhos e para nos entender.

De Vicky Iovine:

El embarazo de amiga a amiga [A gravidez de amiga para amiga]

Cómo sobrevivir al primer año de tu bebe [Como sobreviver ao primeiro ano de seu bebê]

Cómo convertir a tu hijo de dos años en un ser civilizado [Como transformar seu filho de dois anos num ser civilizado]

São três livros divertidos, escritos com graça, humor e sutileza. O primeiro é um guia para grávidas escrito num tom próximo e ameno, com dados muito bons, necessários nesse período. Todos orientam e são muito enriquecedores.

De Michel Odent:

La cientificación del amor [O amor na ciência]

É um livro interessante para aqueles que procuram informações de como o corpo, a mente, as emoções e tudo o que acontece são parte de um mesmo fenômeno. O amor explicado a partir da visão da ciência.

De Naomi Stadlen:

Lo que hacen las madres [O que fazem as mães]

É um livro simples e descritivo que dá conta da grande tarefa das mães, "principalmente, quando parece que não fazem nada" (assim diz o subtítulo).

Apresenta um exemplo maravilhoso de tudo o que uma mãe ensina a seus filhos quando os acompanha ao supermercado: por trás de uma aparência de estar apenas fazendo compras, na realidade a mãe transmite valores, ensina hábitos, dá exemplos, demonstra a socialização e muitas outras coisas. Sempre fantasiei ter filhos e colocá-los no carrinho do supermercado; agora que os tenho, adoro fazer as compras com eles. Então, assim que li esse livro, me senti homenageada.

De Carlos González:
Mi hijo no me come [Meu filho não come]
Este livro tenta ajudar as mães nesse item da criação, carregado de expectativas, alegrias, desejos e frustrações: que as crianças comam bem. Transmite um modo muito respeitoso de se ligar aos filhos, que todo pai deveria considerar.

Bésame mucho [Beije-me muito]
Lendo esse livro, conseguimos nos colocar no lugar dos filhos o tempo todo, o que me parece espetacular. O autor demonstra uma capacidade de compreensão da sensibilidade infantil que chega a ser comovente. Mostra um outro lado das situações, fácil de perder no dia-a-dia. Suas palavras demonstram compromisso com os sentimentos e as necessidades das crianças. González é um pouco crítico com algumas outras posturas diferentes da sua, mas não chega a comprometer.

De John Gray:

Los niños vienen del cielo [Os filhos vêm do céu]

Apresenta um modelo de criação que chama "cooperativa", traz alguns modelos muito úteis sobre como conduzir o tema dos limites, com exemplos concretos que levam em conta as dificuldades com as quais nos encontramos no momento de estabelecer critérios adultos, sem fazer uso abusivo do poder que temos por ser mais velhos.

Além disso, é o autor de *Os homens são de Marte, as mulheres são de Vênus*, um *best-seller* muito bom para entender as diferenças e os conflitos nas relações amorosas.

De Kaz Cooke:

Hijos [Filhos]

Verdadeiro manual para pais, apresenta todos os temas que ocupam as pessoas a partir do primeiro filho, de maneira amena, divertida e aberta. Oferece argumentos, dados, bibliografia, endereços da *web*, para fundamentar até as mais contraditórias teorias. É boa a idéia de que cada mãe, pai, filho, família, tem um estilo próprio, que se formará à medida que for se conhecendo e desenvolvendo seu jogo. É tranqüilizador entender que o que serve para alguns não serve para outros. Podemos encontrar tanto fundamentos para dormir tranqüilos com as crianças na cama familiar quanto para treiná-las a dormirem sozinhas em seu quarto desde que nascem. Sem julgamentos de valor, levando em conta as necessidades de cada família.

Da Laura Gutman:
La maternidad y el encuentro con la propia sombra [A maternidade e o encontro com a própria sombra]
Puerperios y otras exploraciones del alma femenina [Puerpérios e outras explorações da alma feminina]
Os dois títulos descrevem com sutileza e compreensão essas etapas tão comoventes na vida de uma mulher. Para as mães que se entregam à maternidade e ao puerpério como experiências únicas de crescimento e autoconhecimento, são livros enriquecedores, profundos e que mobilizam, apesar de expressarem julgamentos extremistas em alguns temas.

De Miguel Hoffman:
Los árboles no crecen tirando de las hojas [As árvores não crescem puxando-lhes as folhas]
Li esse livro quando estava grávida do meu primeiro filho e dei-o aos futuros avós para que o lessem. Pareceu-me uma linda introdução ao clima de que os bebês necessitam para se sentir bem recebidos, acolhidos, respeitados. De leitura simples e agradável.

De Aletha Solter:

Mi bebé lo entiende todo [Meu bebê entende tudo]

Mi niño lo entiende todo [Meu menino entende tudo]

São dois livros que ajudam muito a refletir sobre as etapas que bebês e crianças atravessam à medida que crescem, convocando o leitor, o tempo todo, a voltar-se para suas próprias experiências e rever como elas podem influenciar no que acontece com seus filhos. Os textos trazem critérios interessantes e convidam à reflexão.

Esclarecimento: Há extensa bibliografia sobre criação, de todo tipo; é bom procurar o que pode servir, pessoalmente, para cada um. Esta é uma seleção daquilo que foi, para mim, mais enriquecedor. Leríamos melhor e aproveitaríamos mais o que lêssemos se, em vez de concordar com tudo, tirássemos algo substancial de cada questionamento.

Apêndice Alejandro – O que quer dizer "ser ateu"

Para começar, ser ateu não quer dizer não crer em deus. Um ateu não se define em relação aos religiosos, mas em função de sua própria visão do mundo, que não requer cair na resposta simplória "deus" ou "poder superior" para responder as questões fundamentais do sentido. Ser ateu tampouco quer dizer sentir a existência vazia: essa é a representação que um crente faz do ateísmo porque, para ele, se não há deus, então esta realidade carece de sentido e de ordem. Para o ateu, o sentido não é dado por nenhuma realidade transcendente nem por nenhuma existência imaterial e superior. A existência tem sentido por si, e, na verdade, tem um sentido superior ao de nossas forças. A vida é perfeita como é: avassaladora, feroz, incrível, sensacional, complexa, transbordante, exuberante, maravilhosa, incompreensível. O fato de que não pode ser compreendida não quer dizer que se tenha que apelar a deus. É preciso aceitar que a vida não é um fenômeno para compreender, mas para experimentar, é plena em si mesma e não leva a nenhum lugar. Após a morte, nada.

Nesse ponto os religiosos dizem: "Então não há mais nada, a vida é só isto, este passar e se perder, tudo isto para nada?", ao que um ateu deve responder: "Então você acha pouco, queria mais, não lhe é suficiente?". Claro que é dura a certeza de que vamos morrer, mas isso não a torna menos certa. Podemos mentir a nós mesmos, como se duvidássemos, dizer "Ninguém sabe o que há mais adiante", mas acredito que, hoje em dia, com o nível de conhecimento que alcançamos, essa resposta é sempre fingida e resulta pouco crível.

E mais duas coisas: os crentes acreditam que sem religião não há valores. Enganam-se. Pretendem se apropriar dos valores como se estes não surgissem de onde surgem realmente: de perspectivas humanas, às vezes concordantes, às vezes não. O valor não tem origem divina e transcendente, é humano e problemático, como tudo, e não está errado que seja assim.

A outra coisa: hoje em dia, muitos ateus não sabem ou não aceitam que o são. Muitas pessoas seguem a tradição religiosa porque não querem encarar a dificuldade de se confrontar com si próprias e com as demais, mas não acreditam realmente em deus. Quer dizer que não acreditam em nada? O crente costuma dizer ao ateu: "Bom, você não acredita em deus, mas deve crer em alguma coisa, em você, na natureza, em algo maior...". O ateu deve responder: "Na frase 'eu creio em deus', a parte principal não é 'deus', é o 'eu creio'". Nós, ateus, não acreditamos, não temos a estrutura da fé para encontrar o sentido da vida. O sentido está em nossa própria sensibilidade, em nosso desejo, em nosso corpo, a cujo refinamento sensorial corresponde o nome de espiritualidade, sem que seja preciso recorrer a nenhuma imaterialidade desnecessária. E nem por isso somos imorais ou pouco construtivos socialmente, talvez justamente o contrário. Respeito os crentes, mas procuro que se respeitem os ateus, coisa que nem sempre acontece. Há crentes que tocam minha campainha para me falar de deus. Eu, ateu, poderia sair aos domingos pelo bairro para dizer às pessoas que não precisam se esconder atrás do equívoco da fé?

Revista *Newsweek*, Argentina, março de 2007.

Definições para um dicionário em preparação

Bebê: bagunceirinho constante, gatinho humano, terno e doce em determinados momentos, impossível de agüentar em outros; ser humano em explosão vertiginosa; homem ou mulher apenas esboçado, delicadeza impudica, peidorreiro e vomitador, suavíssimo e sutil; exemplar humano de pequenas dimensões, em estado de grave vulnerabilidade permanente, que impõe sua presença à atenção do ambiente mediante choro e desastres iminentes; animal pequeno, selvagem, dependente em grau superlativo; pequeno gordinho, diminuto lutador de sumô, buda dos berços, velho juveníssimo; arruinador de noites, sonho realizado de mulheres plenas, vítima arrasada de casais mal-ajustados, complicador de irmãos e revivificador de avós; primeiro homem nascido de novo na família, ser que repete a história inteira da humanidade num par de anos velozes; expansão anímica dificultosa, mas recompensável para pais entregues, abnegados, cuja renúncia os nutre, embora eles, por momentos, acreditem que estão suportando muito mal; estágio logo esquecido, porém fundamental para o desenvolvimento de todos, forjador de sensibilidades, construtor de universos afetivos; resultado inevitável do amor sexual, concretização carnal do mundo resultante da interação entre um homem e uma mulher, ampliação do referido amor, até alcançar estado de corpinho baboso e dedicado a sonecas breves.

Esposa: mulher a quem um homem decidiu unir sua vida porque já a sente entrelaçada de um modo especial; pessoa com quem um homem está disposto a fazer uma união legal, porque sente que a união natural já é tão forte que os papéis não vão degradá-la; amor tão forte e realizado que permite ao homem perder o ressentimento de se submeter à cerimônia, porque lhe dá consciência de que tudo isso é realmente inofensivo e secundário, ou, em todo caso, que pode ser sentido como uma consagração e não como uma intrusão; mulher que faz amadurecer um homem, que o melhora e completa, que lhe permite desdobrar sua diferença, mas, ao mesmo tempo, o envolve numa atmosfera densa, afetiva e agradabilíssima, até que ela se engloba, ao ficar grávida, e a acima referida atmosfera naufraga e se metamorfoseia no passo superior do amor, a família surgida do desejo e não do dever ou da tradição; mulher amarrada que cuida com carinho de suas amarras por achá-las bonitas; mulher que aceitou trocar seu sobrenome de origem, aquele dado por seu pai, porque encontrou agora seu centro para organizar seu mundo adulto, que se nomeia com o sobrenome à cuja sombra vigorosa poderá criar os filhos, saídos de seu corpo e formados pela forma de seu amante, que não deixa de ser seu amante por estarem casados, nem por haver se desmembrado em filhos, porque continua sendo ela, e se define e desdobra com o tempo; ser de amor, mal-compreendido, de difícil conquista, pessoa dedicada e dedicadora, mulher ao lado.

Filho: ser de carne e de amor, corpo gerador de intensidades emocionais inauditas, criador de pais, inventor de linguagens e momentos, necessitado de cuidados e atenções, cujo efeito reverte sobre aqueles que o provêem; mago de olhares, carícias e palavrinhas, espelho aumentado e glorificador das qualidades patromaternas, diabo de incontinências finalmente carentes de gravidade, aquele que expressa interesses que nunca chegam a descobrir-se de onde vêm nem para onde vão, habitante do futuro, encantador do presente, fascinado redefinidor do habitual, pequeno pensador, matéria de fotos, manacial do sentido para a vida, salvação para seus pais à inevitável angústia da morte, desafiador de adultos que devem se animar a crescer para poder lhe dar o ar de que necessita, para poder querê-lo como se deve querê-lo, para serem capazes de segui-lo em sua explosão constante de vida.

Agradecimentos

Aos avós: Bubu, Haydeé, Abu Julho e Silvi, que não param de dar amor e cuidados a nossos filhos.

Ao tio Dani, por ser tão carinhoso e próximo.

A Cuca Polak, uma fada madrinha, sem quem nossa vida não teria chegado a ser o que é hoje.

A nossos ex-analistas, Raquel Duek e Marcos Koremblit, por nos ajudar a crescer tão bem.

Ximena agradece especialmente:

A Graciela Scolamieri, por tudo aquilo que me ensina e porque me ajuda a encontrar um estilo próprio para criar meus filhos.

A minhas amigas-mães, por compartilhar e acompanhar: Suray Trava, Dolores Barreiro, Mariana Cincunegui, Valeria Mazzia, Verónica Weisberg, Diana Piasek e María Koolen (que está sempre perto de mim, embora faça dez anos que mora em Bariloche).

A meu terapeuta atual, Carlos Vinacour, por ser tão sensível e experiente, me ensinando, assim, a viver melhor.

E a meus companheiros de grupo de terapia, Luis, César, Sara, Luz, Lucio, Inés e Sol, pelo nível de compromisso com o trabalho terapêutico.

A todos meus pacientes pela confiança, e, especialmente, a Verónica Esersky, por me permitir viver tão de perto sua maternidade.

A Leopoldo Kohon, por colocar o Alejandro no meu caminho.

A Alejandro, o amor de minha vida, e graças a quem meus sonhos se tornaram realidade.

Alejandro agradece especialmente:

A Ximena, por me ensinar tantas coisas e me dar dois filhos sensacionais.

A meus amigos queridos: Oscar Molinero e Roxana, Juan e Estela Acosta, Luis Alberto Spinetta, Juan e Alix Zorraquín,

Luis e Alejandra Chitarroni, Carlos e Marisú Pagni, Julián e Fernanda Gallo, Augusto Rodríguez Larreta, Jorgito Triaca, Miguel e Diana Gurfinkiel, Raúl e Alejandra Fernández, Carlos Tramutola, Taos Turner, Luciano Menardo, Alejandro e Cecilia Kofoed, Andrés Fogwill, Carlos Lucero, Matías e Dolores Camisani, Ernesto Romano, Fernando Iglesias, Andrea Majul e Silvina Madaleno, Gabriela Michetti, Jorge Telerman, Roberto di Lorenzo, Lourdes Fernández, Horacio e Bárbara Rodríguez Larreta, Jaime Durán, Santiago Nieto, Leopoldo e Graciela Kohon-Scolamieri.

A Maxi Galin, por me ajudar tanto a estar presente na internet, da melhor maneira possível.

A Octavio Scopeliti.

Bruno no colo de Ximena e Andrés no colo de Alejandro.

1ª edição Agosto de 2008 | **Diagramação** Megaart Design
Fontes Kinesis | **Papel** Ofsete Alta Alvura 90 g/m²
Impressão e acabamento HR Gráfica e Editora Ltda.